En 1912, alo~~~ ~~~ trône, grand-~~~ ~~~ l'opération d~~~ ~~~ pieds, afin de les rendre "beaux comme des fleurs de lotus". Mais, grâce au changement de régime, ou à cause de lui, l'opération fut vite interrompue, et c'est avec des pieds "moyens" – garants d'une position médiane dans le conflit entre la tradition et la modernité – qu'elle traversa sans trop de heurts le régime communiste…

Ce destin singulier, la narratrice, "la petite", le retrace avec un humour à froid et une tendresse qui jamais ne se démentent tout au long d'une histoire qui vit traverser le siècle une grand-mère Lie-Fei bercée par les odeurs et les couleurs des eaux d'une Chine en profonde mutation.

YING CHEN

Née à Shanghai en 1961, Ying Chen vit au Québec depuis 1989. Le français est devenu sa langue d'écriture.

De 1983 à 1989, elle a fait de la traduction technique et commerciale à l'Institut de recherche astronautique de Shanghai. Elle est diplômée du département de langue et de littérature françaises de l'université de Fudan.

La Mémoire de l'eau est son premier roman, paru chez Leméac Éditeur en 1992. Depuis lors, ont paru *Les Lettres chinoises* (Leméac, 1993; Babel, 1998) et *L'Ingratitude* (Leméac/Actes Sud, 1995), qui bénéficia d'un très bon accueil critique, fut longtemps inscrit sur la liste des œuvres sélectionnées pour le prix Fémina et remporta le prix Québec-Paris 1995.

DU MÊME AUTEUR

Les Lettres chinoises, Leméac, 1993
L'Ingratitude, Leméac/Actes Sud, 1995
Immobile, Boréal, 1998; Actes Sud, 1998

LA MÉMOIRE DE L'EAU

Collection dirigée par Hubert Nyssen et Sabine Wespieser

© LEMÉAC, 1992
ISBN 2-7609-1782-7

ISBN ACTES SUD 2-7427-0901-0

Illustration de couverture :
Li Tchen-Boua
« Les Canards de la brigade » (détail) – sans date.
Tous droits réservés.

YING CHEN

LA MÉMOIRE
DE L'EAU

roman

BABEL

Pour grand-mère

LES BEAUX PIEDS

Ma grand-mère Lie-Fei avait cinq ans lorsque le dernier empereur fut chassé de son trône.

C'était l'année 1912. Lie-Fei avait déjà reçu ses premières leçons de chinois. Son initiateur était un vieux bonhomme à la tête chauve. Il avait passé toute sa vie à participer et à échouer aux concours annuels organisés par l'État pour le choix des mandarins, et il étudiait sans relâche encore dans sa vieillesse les œuvres des ancêtres. Grand-mère apprit qu'à l'époque où l'on avait inventé les caractères chinois, les femmes étaient dangereuses. Ainsi, l'orthographe indiquait qu'*une femme qui faisait quelque chose* était *dangereuse*, qu'*une femme qui s'occupait de plus d'une affaire* paraissait *détestable*, qu'*une femme morte* devenait *un démon* et qu'*une femme* n'était *bonne* que lorsqu'elle avait *un fils*. En plus des leçons d'orthographe, il y avait celles de morale. Le professeur lui avait enseigné quatre mots dans cet ordre : le roi, le supérieur, le père, le fils. Et il avait cru nécessaire de hausser la voix pour attirer l'attention de sa petite élève sur le fait qu'il y avait une hiérarchie : le fils devait obéir au père, le père au supérieur et le supérieur au roi. Lie-Fei demanda alors à qui elle devait obéir, elle qui était exclue de cet ordre.

— Tu obéiras à tous ces quatre, répondit le professeur.

— Ah bon ! s'écria-t-elle de joie, je n'ai plus à écouter ma mère.

— Si, répliqua avec empressement le vieux, tu écouteras ta mère quand ton père ne sera pas là.

Un jour, sa mère la fit appeler dans sa chambre. En entrant, Lie-Fei baissa la tête comme il le fallait. Elle aperçut d'abord deux pieds aussi petits que des pains chinois, dans de jolies chaussures comme d'habitude. Quand, accroupie seule au coin de sa grande chambre, elle pensait à sa mère, elle voyait ces deux pieds minuscules. Elle se demandait comment une mère si grave, puissante même, pouvait avoir les pieds si petits. Ils lui inspiraient une sorte de compassion, une envie de pleurer. Chaque fois qu'elle voyait sa mère, le désir d'aller toucher ses pieds la torturait. Mais elle n'osait pas. Tout, chez sa mère, le frôlement de sa longue robe qui voilait ses pieds, la manière dont elle hochait la tête, la musique à la fois tendre et distante de sa voix, le lui interdisait.

Or, cette fois, il se passa quelque chose de différent. Assise dans son fauteuil, la mère fit approcher sa fille, lui arrangea soigneusement les cheveux de ses longs ongles, puis la pressa contre son cœur. Surprise par cette tendresse inhabituelle, la petite fille s'agenouilla et appuya sa tête contre les genoux de sa mère. Un peu plus tard, la mère lui prit les mains et les dirigea vers ses propres pieds. Lie-Fei put enfin caresser ces petits pieds dont l'image la hantait depuis longtemps. Étourdie par le bonheur soudain, ou surprise qu'il lui ait été donné si facilement, elle se reprocha de ne pas avoir vraiment éprouvé ce qu'elle s'était attendue à éprouver au contact des pieds de sa mère. En effet, elle n'avait senti que l'os dur comme le bois, et déformé à l'intérieur des très belles chaussures colorées.

— Tu les trouves belles ? demanda la mère.

— Oui... balbutia la fille.

Alors la mère la souleva par les bras, lui arrangea encore un peu les cheveux et dit d'une voix faible : « Va jouer ! »

Lie-Fei avait une maman nourricière. Elle s'appelait Ai-Fu, un nom qui voulait dire « amour et fortune ». En fait elle ne connut jamais la fortune, peut-être parce que son cœur contenait trop d'amour. Ses pieds étaient d'une longueur ordinaire. Un soir, lorsqu'elle vint sortir la petite fille de la baignoire, maman Ai-Fu lui sécha les pieds plus longuement que d'habitude et engagea une conversation dont Lie-Fei se souviendrait toujours :

— Tout à l'heure, au lit, on va t'enserrer les pieds ! annonça maman Ai-Fu d'un air tout excité.

— Pourquoi ?

— Mais pour les rendre beaux !

— Beaux comme quoi ?

— As-tu vu les pieds de ta mère ?

— Ils ne sont pas beaux.

— Hum ! Alors, tes pieds, ils seront beaux comme des lotus.

— Qu'est-ce que c'est, des lotus ?

— Ce sont des fleurs.

Une fois au lit, Lie-Fei ferma les yeux pour imaginer ce qui se passerait le jour où ses pieds deviendraient des fleurs. Accompagné de sa mère, un homme entra dans la chambre de Lie-Fei. Il s'inclina poliment devant le lit, sortit de sa poche un gros rouleau de bande en coton blanc et se mit à l'enrouler sur le pied de la petite fille. Celle-ci ne voyait pas les yeux de l'opérateur. La bande se resserra de plus en plus. Elle se mit à crier et à pleurer de désespoir, suppliant maman Ai-Fu de la sauver, cherchant des yeux sa mère qui était sortie de la pièce elle ne savait quand.

Maman Ai-Fu pleurait elle aussi. C'était la première fois qu'elle assistait à un tel spectacle. Et il s'agissait de sa « chère petite » ! Comme tout le monde, elle adorait les pieds rapetissés. Elle avait honte de ses pieds « drôlement longs ». Elle en voulait à ses parents, trop modestes pour avoir pu lui payer un luxe de ce genre. Dans la rue, on ne saluait que les femmes aux pieds rapetissés. Pour elle comme pour les autres, c'était un signe de noblesse, de richesse, de beauté, de pureté, de tout ce qui pourrait apporter le bonheur à une femme. Et à partir de ce soir-là, elle aurait pour de tels pieds non seulement une admiration mêlée d'une certaine envie, mais aussi un respect presque religieux, comme celui qu'on a pour les grandes choses qui exigent des sacrifices.

Lie-Fei ne savait pas quand ni comment l'opération avait pris fin. Elle s'était réveillée plusieurs fois cette nuit-là avec la vague impression que sa mère et maman Ai-Fu s'étaient assises au bord de son lit. Elle n'avait pas la force de bouger. Le lendemain, elle refusa de manger et contracta une fièvre qui dura trois jours.

Pendant cette période, sa mère, trop anxieuse, avait perdu connaissance une fois. Pour s'occuper d'elles, maman Ai-Fu avait dû courir entre la chambre de la mère et celle de la petite fille, avec ses pieds drôlement longs. Lie-Fei rêvait constamment qu'elle marchait sur du sable brûlant qui s'écoulait, de sorte qu'elle ne savait vraiment pas où mettre les pieds. Et ses pieds s'envolaient et retombaient légèrement comme deux fleurs blanches.

Le quatrième jour, elle se sentit mieux et mangea beaucoup de biscuits. Elle souriait même à sa mère, à maman Ai-Fu, à ses tantes qui venaient la voir, à tout ce monde qui l'entourait.

— Quelle jolie fille ! s'exclama-t-on.

— Et quels pieds !

Elle apprendrait plus tard qu'elle n'avait pas plus souffert de l'opération que les autres petites filles, parce que c'était un grand spécialiste qui s'en était chargé moyennant une grosse somme.

LA SAGESSE DE
L'ARRIÈRE-GRAND-PÈRE

Il fallait que grand-mère Lie-Fei reste au lit environ cent jours afin que les éléments de ses pieds — chair, veines et os — cessent de se rebeller. Puis elle aurait à prendre des mesures (toujours avec les bandes de coton) moins pénibles, plutôt agréables selon l'expérience de sa mère, pour obtenir un résultat parfait. Ainsi elle aurait à trente ans les pieds aussi étroits et courts qu'à cinq ans.

À cette époque, mon arrière-grand-père avait un poste à Beijing. On s'inquiétait depuis longtemps de la situation politique. Le jour où l'armée révolutionnaire prit le contrôle de Beijing et que l'Empereur fut assigné à domicile, mon arrière-grand-mère eut des nausées qui durèrent des heures. Lie-Fei avait six mois quand son père partit pour Beijing. Il avait pris la précaution de ne pas emmener toute la famille, car Beijing avait déjà connu de graves ennuis. Cependant la fille connaissait bien son père dont une photo se trouvait dans le salon. Il portait un immense chapeau sur lequel était brodé un dragon d'or. On disait que le chapeau du roi était trois fois plus grand. Elle y croyait, puisque, pensait-elle, les chaussures de sa mère pouvaient être si petites.

C'est pourquoi elle éprouva un peu de déception quand, cinquante jours après son opération, elle vit apparaître son père sans costume rouge ni chapeau haut.

« Mon père a perdu son chapeau ? » demanda-t-elle. Et tout le monde rit, car « perdre son chapeau » était une expression qui se disait de quelqu'un quittant volon-tairement ou non son poste.

En effet, le retour de mon arrière-grand-père n'était plus aussi glorieux qu'autrefois. Les révolutionnaires occupaient toutes les villes, et l'on évitait les royalistes comme la peste. La fille comprendrait plus tard pourquoi et comment son père avait pu échapper aux arrestations qui se poursuivaient alors partout dans le pays. C'est que Beijing avait depuis quelques années tenté de négocier secrètement avec les forces révolu-tionnaires. Il y avait à l'époque plusieurs armées révo-lutionnaires auxquelles Beijing avait délégué des émissaires, dont mon arrière-grand-père. Au cours de ces missions, il était parvenu à se lier d'amitié avec quelques responsables de l'armée ennemie. C'était donc avec l'aide de ces amis qu'il avait pu s'enfuir de Beijing.

En route, il avait relevé sa natte en spirale au-dessus de la tête. Sous le dernier empire, tous les hommes por-taient une longue natte dans le dos, selon une coutume de cette minorité du nord à laquelle appartenait l'Empereur. Les révolutionnaires portaient les cheveux courts et prétendaient couper toute tête d'homme por-tant la natte. Les royalistes, qui, de leur côté, luttaient encore ouvertement ou clandestinement, laissaient entendre qu'on devait couper les têtes aux cheveux courts. Il y avait, à l'époque, presque autant d'hommes à nattes que d'hommes aux cheveux courts. Tout le monde vivait dans une inquiétude effrayante. La solu-tion que mon arrière-grand-père avait alors trouvée était vraiment extraordinaire. Elle était le fruit d'une philosophie de la moyenne. Mon arrière-grand-père aimait tout ce qui était moyen : richesse moyenne, intelligence moyenne, loyauté moyenne, beauté moyenne, taille moyenne... Même pour le riz, il préférait celui de longueur moyenne. « Il faut se mettre au milieu de ce monde, dirait-il plus tard à Lie-Fei. C'est la position la plus stable, donc la meilleure. » Et sa fille avait eu le bonheur de jouir, elle aussi, des lumières de cette sagesse.

Le lendemain du retour de son mari, mon arrière-grand-mère sembla atteinte d'une terrible douleur à la tête. Maman Ai-Fu dit qu'elle avait vu Madame essuyer des larmes. Le soir, après son bain, la petite fille attendit dans son lit sa mère qui devait venir soigner ses pieds. Elle ne vint pas, et Lie-Fei dut passer la nuit sans bandes autour des pieds. Cette nuit-là, elle rêva à nouveau de ses pieds flottant doucement comme deux fleurs. Les jours suivants, elle ne vit pas sa mère. Et soudain, elle se mit à s'inquiéter de l'état de ses pieds. Que deviendraient ses pieds privés de traitement ? Déjà ses tantes lui avaient offert une dizaine de paires de chaussures colorées, belles et mignonnes comme celles de sa mère. Ces chaussures étaient là, dans le tiroir d'une armoire, lui rappelant la discipline à suivre, l'idéal à atteindre. Ainsi, lorsque quelques jours plus tard maman Ai-Fu vint lui accorder la liberté de descendre du lit sans attendre jusqu'au centième jour, elle sanglota sans savoir pourquoi, avec le sentiment vague qu'il se passait quelque chose de grave dans sa vie.

L'angoisse qu'elle éprouvait était partagée par toute la famille. Maman Ai-Fu prenait davantage soin d'elle. Le soir, en la sortant de la baignoire, elle lui prenait les pieds et les mettait contre sa poitrine. Il lui arrivait parfois de fredonner quelque chansonnette mélancolique. Les rayons de la lune traversaient les fenêtres et vibraient sur les seins de maman Ai-Fu. La petite voyait danser dans les yeux de celle-ci les ombres confuses qu'elle reverrait encore plusieurs fois dans sa vie. Pendant la journée, sa mère sortait de moins en moins de sa chambre. Au moment du dîner, la petite fille remarquait que sa mère détournait la tête quand elle la voyait s'approcher péniblement de la table sur ses pieds roses et nus. Le moment le plus pénible, c'était pendant la visite des tantes. Lie-Fei avait quelques cousines de son âge. Depuis un certain temps, celles-ci ne sortaient plus de leur maison où elles subissaient le traitement des pieds. Les tantes emmenaient seulement leurs fils en visite. Quand Lie-Fei jouait à cache-cache avec eux, elle essayait de courir, mais finissait par tomber et rampait derrière les pieds de plus en plus longs de ses cousins. Les tantes ne lui offraient plus de chaussures colorées. On ne parlait plus de ses pieds comme auparavant. On avait l'air de ne plus s'y intéresser. Et pourtant, la petite fille avait l'impression qu'on faisait plus que jamais attention à ses pieds. La conversation entre elle et ses tantes ou entre ses parents et les tantes était souvent interrompue par les regards furtifs qui se posaient sur le bout de ses pieds et qui provoquaient cette impression de chaleur qu'elle garderait jusqu'au crépuscule de sa vie comme un arrière-goût de l'opération.

Son père était alors le seul qui la rassurait. Alors que les autres évitaient tout sujet concernant les pieds, le père commettait de temps à autre des indiscrétions qui faisaient rougir la maîtresse de la maison et qui obligeaient les tantes à parler plus fort avec leurs fils. Par exemple, il pouvait faire, au milieu de la conversation, quelques remarques minutieuses sur les pieds de sa fille : « Ma petite, tu devrais mettre des chaussettes pour que tes beaux pieds ne prennent pas froid. » Ou encore : « Nous ne t'avons pas épargné les bandes aux pieds pour te voir ramper ainsi tout le temps. Tâche donc de te servir de tes pieds. » Il y avait dans sa voix grave une tendresse mêlée de fierté. En fait, mon arrière-grand-père ne reprochait pas du tout à son épouse l'opération qu'elle avait entreprise pour leur fille. Au contraire, il en était heureux, autant peut-être que d'être arrivé à temps à la maison pour mettre un terme à l'opération de sorte que sa fille aurait les pieds parfaitement « moyens ».

Des années passèrent. Un jour, lorsque le printemps arriva, le père proposa à sa fille d'aller se promener dans le parc. Il avait toujours sa natte relevée en spirale au-dessus de la tête. Les pieds de la fillette croissaient très peu à cause de l'opération, mais ils croissaient quand même, ce qui attirait les regards des passants, et surtout des passantes aux pieds rapetissés. L'une d'elles, en les croisant, laissa échapper un gémissement. Bien entendu, les chaussures colorées ne lui allaient pas bien : elles étaient taillées pour des pieds qui avaient suivi le traitement jusqu'au bout, et les chaussures normales qu'on trouve au marché étaient sans doute un peu trop grandes pour elle. La petite portait donc les chaussures que maman Ai-Fu avait faites de ses propres mains. En dépit de tous les efforts de maman Ai-Fu, ces chaussures laissaient entrevoir des os qui saillaient et qui arrondissaient les pieds. Ainsi, le père et la fille marchaient côte à côte dans le parc, enveloppés de la lumière épaisse et poussiéreuse du printemps. Les regards des promeneurs glissaient de leurs épaules à leurs pieds. Arrivée au bord du lac, elle demanda :

— Quelles sont ces fleurs qui flottent sur l'eau, père ?

— Ce sont les fleurs de lotus.

Elle fixa un moment ces fleurs, éprouvant une émotion secrète et confuse. Pendant le reste de la promenade, elle se tranquillisa.

— À quoi penses-tu, ma fille ?

— À rien, père.

Ils revinrent encore plusieurs fois dans ce parc pour voir les fleurs qui frémissaient aux moindres mouvements de l'eau.

Lorsqu'elle eut dix huit ans, on maria Lie-Fei à un commerçant de souliers dont la mère avait les pieds rapetissés. C'était l'an 1925. Jiang Jieschi avait rompu avec les communistes après en avoir fusillé une centaine dans les villes. Les journaux racontaient abondamment les luttes atroces entre révolutionnaires et royalistes. Il y avait de temps en temps quelques nouvelles de l'arrestation de tel ou tel royaliste, mais on n'y faisait plus attention. On voyait de moins en moins d'hommes portant la natte. Le dernier empire était presque oublié. Mon arrière-grand-père décida enfin de couper ses cheveux à l'occasion du mariage de sa fille. Il semblait content de ce mariage, bien que son beau-fils fût deux fois plus âgé que sa fille unique.

Le commerçant de souliers s'appelait Wei Po. Il était très fasciné par les pieds de la jeune fille. Un jour, comme il allait visiter une boutique de souliers non loin du parc, une voiture s'arrêta tout près de lui. Wei Po vit sortir lentement deux pieds sur lesquels il ne put s'empêcher de jeter un second coup d'œil. Il trouvait la jeune fille assez jolie. Et il faillit éclater de rire en voyant la natte relevée au-dessus de la tête du père. Il suivit des yeux ces deux créatures qui, s'arrêtant un instant devant la porte du parc pour prendre leurs billets, disparurent bientôt dans une lueur verte. Wei Po s'essuya les yeux, se demandant ce qui l'avait amené ici. La semaine suivante, il n'avait pas cessé d'imaginer la paire de souliers qui ferait ressortir le charme étrange des pieds qu'il avait vus. Après des démarches que Lie-Fei ne comprendrait jamais, le commerçant de souliers réussit à faire la connaissance du père, puis à obtenir l'autorisation de fournir des souliers spéciaux à la jeune fille. Trois mois plus tard, le mariage fut conclu.

Jusque-là, Wei Po n'avait toujours pas eu l'honneur d'être reçu par sa future belle-mère, bien qu'il eût rendu plusieurs visites à la famille de sa fiancée. Et il ne pouvait voir cette dernière que de loin lorsqu'elle allait se promener dans le parc avec son père. Elle, par contre, cachée derrière les rideaux, avait vu plusieurs fois son admirateur quand il était venu voir son père. Elle croyait bien que sa mère en faisait autant. Quelques semaines avant la cérémonie nuptiale, la mère avait le pas plus leste, la voix plus douce. Lie-Fei n'avait jamais vu sa mère aussi rayonnante. Pourtant, quand elle lui demandait son avis sur son fiancé, sa mère redevenait grave et s'empressait de dire : « Je n'en sais rien, ma petite. Mais fie-toi à ton père. »

En fait, elle n'avait pas le choix. Depuis plusieurs années, Lie-Fei pensait qu'elle deviendrait la femme d'un de ses cousins. C'étaient les seuls garçons avec lesquels elle pouvait parler et jouer. Elle avait six cousins, et elle préférait celui qui la faisait rire tout le temps. Sa mère semblait être d'accord avec elle. Lie-Fei avait remarqué que sa mère avait une tendresse particulière pour ce cousin. Peut-être la mère de ce dernier l'avait-elle deviné, car elle cessa à un moment donné d'emmener son fils. Ou peut-être était-ce le fils lui-même qui refusait de venir ? Elle n'en savait rien. Elle attendait pourtant, sans espoir. Elle passait des heures à contempler ses pieds, des pieds différents de ceux de sa mère et de ses tantes, différents aussi de ceux de maman Ai-Fu. Elle finit par décider de ne plus se présenter devant ses tantes et les autres dames qui venaient causer avec sa mère. Elle renonçait ainsi, par honte de ses pieds et par amour-propre, aux rencontres les plus importantes pour les jeunes filles, car c'était souvent au cours de ce genre de causeries entre dames que les mariages s'arrangeaient.

Mon arrière-grand-père avait dû se contenter de ce mariage plus que personne d'autre de la famille. Entre autres mérites qu'il pouvait attribuer à son gendre, il y avait le fait qu'il était d'une famille libre de tout lien avec le dernier empire, en plus d'être très riche et d'être né d'une mère aux pieds rapetissés. Il s'était rendu compte que sa carrière antérieure était bien trop compromettante pour que sa fille puisse trouver un mari de son rang. La famille vivait d'ailleurs depuis longtemps de ses rentes, qui avaient beaucoup diminué à cause de la dévaluation de la monnaie. Il n'était donc plus en mesure d'offrir à sa fille une dot convenable aux yeux des anciennes familles. À son retour de Beijing, peut-être même avant, il croyait que le destin de sa fille était déjà tracé et qu'il avait été bien inspiré d'interrompre le processus de réduction de ses pieds.

Lie-Fei trouvait néanmoins son père un peu triste. La dernière fois qu'ils se promenèrent côte à côte dans le parc, elle sentit que son père avait les jambes molles. Ils restèrent longtemps debout devant le grand lac où flottaient des feuilles de lotus. Le vent d'automne y remuait une boue jaune et y charriait de temps à autre des cornets ou des boules de papier. Le père se tourna une seconde vers sa fille ; jamais elle n'oublierait les yeux de son père à ce moment-là : c'étaient des abîmes.

Ayant appris la nouvelle du mariage, maman Ai-Fu eut de la difficulté à se lever à l'heure habituelle le lendemain matin. Mais elle ne tarda pas à sourire de tout son cœur. Elle cherchait à faire croire à tout le monde que monsieur le commerçant était élégant et très aimable, ce qu'on ne pouvait nier. Elle concluait que ce monsieur avait sûrement accompli quelques bonnes actions dans sa vie pour pouvoir enfin atteindre au comble du bonheur, qui était, selon elle, d'épouser sa « petite fille ».

Mon arrière-grand-mère avait vainement essayé de laisser maman Ai-Fu suivre sa « petite fille » Lie-Fei dans sa nouvelle famille. La future belle-mère, Sheng, n'était pas d'accord, prétendant qu'il y avait assez de domestiques chez elle pour s'occuper du nouveau couple. Elle considérait sans doute la proposition de mon arrière-grand-mère comme une expression de méfiance ou de dédain à l'égard de sa famille. La mère de Wei Po n'aimait pas fréquenter ce genre de familles trop fières. Elle s'interrogeait même sur la précipitation avec laquelle ce mariage avait été arrangé.

La date de la cérémonie fut choisie par une voyante. Elle avait minutieusement étudié les dates et les heures de naissance des futurs mariés. À chaque naissance correspondait une position particulière du Soleil, de la Lune et des autres étoiles qui, selon la voyante, représentaient les particularités du nouveau-né. Choisir la date et le moment précis d'un mariage, d'un voyage ou d'une action importante, c'était choisir une position des étoiles en harmonie avec celle de la naissance. S'il s'agissait d'un mariage, il était important que la date choisie convienne astrologiquement aux particularités de l'un et l'autre des futurs mariés. Dans le cas de grand-mère Lie-Fei, la voyante dit que cette jeune fille aurait un « destin trop fort » qui affaiblirait ses proches. Mais il n'y aurait pas de problèmes si l'on choisissait bien le moment avant d'entreprendre les démarches importantes de la vie. Et bien sûr, personne d'autre ne pouvait connaître les étoiles mieux qu'elle. Elle conclut que ce serait un couple parfait à condition que l'on respectât strictement la date et l'heure choisies pour le mariage : la cérémonie devrait avoir lieu le 28 septembre 1925, à midi juste.

L'EAU QUI CHASSE

Lorsque Lie-Fei se réveilla en ce matin du 28 septembre, elle entendit une rumeur dans la maison. Des pas lourds allaient et venaient devant sa porte, parmi lesquels elle put distinguer ceux de maman Ai-Fu. Des voix inconnues chuchotaient. Quelque chose tomba sur le plancher et causa un tumulte. Ce jour-là, le soleil se leva tard. Il faisait sombre. On avait allumé la lampe. Une lueur faible entrait sous la porte et formait près du lit une silhouette de cadavre. Lie-Fei jeta un coup d'œil sur l'horloge. Il était huit heures. Il lui restait quatre heures avant la cérémonie. Quatre heures pour passer d'un monde à l'autre. Pour s'acheminer vers l'inconnu en se créant un passé. Le pendule de l'horloge se balançait avec une régularité crispante. Lie-Fei se sentait lasse. Son cœur se gonflait comme toujours lors des grands événements. Ses joues étaient enflammées. Personne ne venait l'appeler, comme si on l'avait oubliée. Peut-être avait-on changé l'heure ou la date ? se demandait-elle. Peut-être n'était-ce pas un bon moment que ce midi du 28 septembre ?

Enfin, vers dix heures, maman Ai-Fu vint frapper à la porte. En entrant, elle fut surprise que « sa petite » fût encore au lit. Celle-ci remarqua l'extrême pâleur de maman Ai-Fu à l'instant où elle alluma la lumière. « Dépêche-toi ! ordonna maman Ai-Fu. Tu vas bientôt apprendre à être moins paresseuse ! » Il y avait dans son ton une vraie fureur à laquelle la jeune fille n'était pas du tout habituée. Elle quitta lentement son lit et alla s'enfermer dans les toilettes. Elle y resta longtemps, jusqu'à ce que maman Ai-Fu vînt la chercher. Elle sortit des toilettes, les yeux tout rouges, et refusa son petit déjeuner. Maman Ai-Fu entreprit alors de la vêtir d'une robe de soie préparée depuis des mois. Elle était rose et tissée de phénix pourpres et dorés. Puis maman Ai-Fu se mit à coiffer ses longs cheveux, à en former un lourd chignon qu'elle fixa sur son occiput. Désormais Lie-Fei aurait la même coiffure que sa mère et maman Ai-Fu. Elle se regarda dans le miroir et hésita un moment à croire que c'était son visage et non pas celui de sa mère. « Comme tu ressembles à Madame ! » s'exclama maman Ai-Fu.

Il était onze heures et demie. La cérémonie aurait lieu dans le salon de Wei Po, devant le portrait de son défunt père. Les voitures attendaient. Les pas s'arrêtèrent un long moment devant la porte, puis s'éloignèrent. Les larmes coulaient sur les joues de la jeune fille sans qu'elle sût pourquoi. Maman Ai-Fu essayait en vain de mettre, sur ces joues enflammées, de la poudre qui fondait aussitôt en boue rose et qui goûtait le sel. Elle s'accusa impitoyablement d'avoir grondé « sa petite » dans un moment pareil. Les mains toutes moites, elle continuait obstinément à mettre de la poudre et de la couleur sur le jeune visage qui ressemblait ainsi à un portrait à l'huile fraîchement peint. Lie-Fei ne se reconnaissait plus elle-même, si bien qu'elle fut presque indifférente lorsque maman Ai-Fu sortit une paire de chaussures bien colorées et les lui mit aux pieds. Elle sentait tout au plus une certaine mollesse chaude dans les pieds et dans ses chaussures. Au seuil de la porte, elle eut l'impression de s'envoler comme un pétale de lotus à la fin de la saison. Elle entendit l'horloge sonner douze coups derrière elle.

Entourée et suivie de nombreuses ombres, elle monta dans une voiture. Maman Ai-Fu vint l'y rejoindre. C'était la première fois qu'elle se déplaçait dans une voiture à quatre roues. L'odeur de l'essence lui donnait la nausée. « C'est monsieur le commerçant qui a loué ces voitures », dit maman Ai-Fu en surveillant l'expression de « sa petite ». Après un moment de silence, elle ajouta : « C'est un véritable monsieur ! » Lie-Fei n'entendait rien. Dans ses oreilles résonnaient encore les coups de l'horloge de sa chambre.

En sortant de la voiture, elle vit plusieurs autres véhicules s'arrêter derrière le sien d'où sortirent des inconnus qui l'avaient sans doute suivie de sa maison jusqu'ici.

— Qui sont-ils ? demanda-t-elle d'un ton sec.

— Les oncles et les tantes de monsieur le commer-çant. Il y a aussi tes tantes et oncles... Mais ne regarde pas !

Elle regardait pourtant, sans apercevoir ses tantes. Peut-être ne les avait-elle pas reconnues parce qu'elle ne les avait pas vues depuis longtemps. Maman Ai-Fu lui serra brusquement la main. Wei Po vint à sa rencontre à grands pas. Vêtu d'un costume de style Zong-Shan, nom du premier président provisoire de la République chinoise élu en décembre 1911, il avait l'air plutôt rayon-nant. Arrivé devant elle, il s'inclina et dit : « Excusez-moi de n'avoir pu vous accompagner, mais il semble que *notre* mère ait eu un besoin absolu de me retenir à la maison ce matin. » À ces mots la jeune fille sourit. Jusqu'ici elle n'avait vu cet homme qu'à travers les rideaux de sa fenêtre, et elle l'avait trouvé presque élégant. Cette fois il était si près qu'elle put voir les rides de son front et sentir l'odeur de son cigare. Il n'était pas aussi beau que ses cousins, pensa-t-elle, mais il avait l'odeur de son père.

On se dirigea alors vers la maison de style nouveau et plat. Il n'y avait aucun fronton au-dessus du toit. Lie-Fei fut saisie d'une angoisse grandissante. Elle demanda à maman Ai-Fu, qui l'accompagnait toujours, où étaient ses parents. « Monsieur est arrivé ici avant nous », répondit-elle tout simplement. En effet, en entrant dans le salon, Lie-Fei vit son père assis en face d'une dame âgée. Il se leva. La dame hésita un instant, puis se leva à son tour. C'était donc la mère de Wei Po. Toujours conduite par maman Ai-Fu, la jeune fille fit quelques pas, les yeux fixés sur son père. « C'est ta belle-mère Sheng », dit-il tout bas, comme s'il avait quelque chose dans la gorge. La fille se tourna vers Sheng et s'agenouilla doucement. Celle-ci la laissait faire sans même la regarder. D'une voix douce et distante, Sheng dit : « Les autres pourraient nous attendre dans la salle à manger. » Le père de Lie-Fei se tourna alors vers maman Ai-Fu : « Si vous voulez, vous pouvez retourner à la maison. » Les pas s'éloignèrent. Comme si elle venait de l'apercevoir à ses pieds, Sheng s'empressa alors de relever sa belle-fille.

— Oh ! vous avez une très jolie fille, dit-elle au père de Lie-Fei. A-t-elle rencontré mon fils ?

— Pas encore, madame, répondit le père très rapidement.

— Comment ça !

Et Sheng se tourna vers son fils.

— Mon enfant, viens ici. Tiens, voici ta femme.

La cérémonie commença tout de suite. Il ne restait que quatre personnes dans le salon, mais Lie-Fei vit de nombreuses têtes bouger derrière les fenêtres. Sur la table du fond de la salle, on avait disposé avec soin des fruits et des pains blancs. Les bâtons d'encens étaient allumés. Le parfum s'élevait jusqu'au mur où était accroché un portrait sombre. Elle comprit que c'était son beau-père qui assistait à la cérémonie. Les nouveaux mariés avaient dû s'agenouiller tour à tour devant le portrait du défunt, devant les parents, et enfin, l'un en face de l'autre. Lie-Fei avait mal aux genoux. Elle sentait encore le regard sombre du portrait posé sur elle. En se levant, elle surprit le regard humide et chaud de son mari. Elle se dit qu'un jour ce regard deviendrait aussi sombre que celui du portrait.

La cérémonie terminée, Sheng tendit le bras à son fils. Celui-ci hésita un instant, puis le prit. Arrivée à la salle à manger, Sheng dit à une domestique avec emportement : « Va dans la cuisine et dis-leur de ne pas réchauffer les plats une troisième fois. Qu'ils les servent tout de suite, même s'ils sont d'une qualité moins bonne. Je m'excuse auprès de nos invités. » Au milieu de la rumeur qui s'élevait alors, Lie-Fei vit son mari faire un mouvement contrarié sur sa chaise et se calmer aussitôt.

Le banquet était modérément gai. On faisait des compliments au nouveau couple. On était invité pour cela.

Mon arrière-grand-père buvait beaucoup et faisait «Gan-pei» avec tout le monde. Sa fille se rendit compte ce jour-là qu'il avait le dos un peu courbé.

— Pourquoi ma mère ne vient-elle pas? demanda-t-elle d'une voix étranglée.

— Elle ne se sent pas très bien, répondit le père.

— C'est toujours en pareille occasion qu'elle ne se sent pas bien.

— Elle a travaillé toute la nuit et ce matin elle... ne se sentait pas bien.

— Mais qu'est-ce qu'elle a fait?

— Tu ferais mieux de te taire, ma fille... Ta mère n'était pas contente de tes chaussures.

Lie-Fei baissa la tête et ne la releva plus pendant le reste du banquet. Elle sentait une étrange chaleur dans ses pieds. Et dans ses oreilles résonnaient de nouveau les coups de l'horloge de sa chambre.

Elle ne reverrait plus sa mère. Son père venait quelquefois la voir, mais toujours seul. Les domestiques de Wei Po lui dirent que le jour de son mariage sa mère avait craché du sang. Lie-Fei apprit la mort de sa mère après son premier accouchement. Personne ne l'avait renseignée sur le moment précis de cette mort. Elle soupçonnait alors que sa mère était morte au moment même de la naissance de son premier fils. Depuis, elle éprouvait une envie de vomir à la vue de ce premier fils, qui avait une peau étrangement rouge.

Au cours du printemps 1932, le bruit courut que le dernier empereur Puyi était devenu traître à son pays, parce qu'il était remonté sur le trône de la Mandchourie, alors occupée par les Japonais. Bientôt le père ne se montra plus chez sa fille, devenue alors mère de trois enfants. Son gendre Wei Po alla plusieurs fois le chercher à la maison, déjà occupée par un commandant de l'armée nationaliste. Ce dernier n'était dans cette ville que depuis quelques semaines et il avait trouvé cette maison grâce aux renseignements fournis par un individu dans la rue. Wei Po ne douta pas des paroles du commandant, car c'était ainsi que les guerriers s'installaient dans les maisons abandonnées. Le commandant disait qu'il avait examiné la maison et qu'il n'y restait rien de valable, même pas un papier.

La disparition mystérieuse de mon arrière-grand-père avait troublé Sheng, la belle-mère de Lie-Fei, à tel point qu'elle en avait perdu le sommeil. Elle fit appeler une voyante qui savait dire l'avenir par la physionomie. Avant d'entrer dans la maison, la voyante aperçut Lie-Fei qui, revenue du parc avec son mari, descendait de sa voiture. La voyante parut surprise et baissa discrètement les yeux. Elle dit à Sheng qu'elle avait senti un air bizarre dans cette maison. Un air de Bu-Xiang, un air qui apporterait le malheur. Sheng demanda si on pourrait faire disparaître cet « air ennemi ». La voyante réfléchit un instant et dit que peut-être non, que c'était peut-être trop tard, car elle croyait que cet air avait déjà pris une forme.

— Une forme que je peux voir moi aussi ?

Sheng était très curieuse.

— Oui, répondit la voyante. Observez vous-même les pieds de votre belle-fille, examinez-en surtout les os, et vous comprendrez la volonté du destin.

Une heure plus tard, la voyante sortit de la maison comme si elle s'enfuyait. Dès lors, Sheng évita autant que possible de rencontrer sa belle-fille dans la maison. Elle refusait d'aller dans la salle à manger et prenait ses repas seule dans sa chambre. En même temps, pour le bien de la famille, elle recommanda fortement à sa belle-fille de ne plus mettre les pieds dans la cuisine. Celle-ci comprenait parfaitement le motif de cette recommandation : la cuisine étant un endroit sacré, il fallait en éloigner tous les éléments malsains. Depuis, elle aussi sortait rarement de sa chambre et se contentait de se cacher jour et nuit les pieds sous les couvertures.

Après la fête du printemps, mon grand-père Wei Po déclara qu'il avait acheté une usine de souliers à Shanghai et qu'il allait partir tout de suite avec sa femme. Les deux fils aînés resteraient auprès de leur grand-mère Sheng. Mon père était alors le cadet de la famille et il suivrait ses parents. Tout cela semblait avoir été envisagé depuis longtemps. Tout le monde accepta cette décision sans aucune objection. Les deux femmes de la famille se mirent à faire les préparatifs. Pour la première fois, elles se sentaient liées par une complicité muette, celle découlant du besoin de se débarrasser l'une de l'autre. Aujourd'hui, mon père ne peut évoquer cet événement sans manifester une admiration évidente pour son père. En 1932, les guerriers japonais formèrent un gouvernement colonial dans la Mandchourie et s'apprêtèrent à envahir le sud du pays. Le peuple se souvenait alors des royalistes avec une colère qu'attisait un nationalisme exacerbé. La disparition de son beau-père avait sûrement effrayé mon grand-père Wei Po et l'avait poussé à se sauver dans la concession française à Shanghai. Cette démarche procédait sans doute du même esprit que celui de son beau-père qui avait entretenu des relations avec les révolutionnaires et s'était enfui de Beijing, la natte relevée au-dessus de la tête. Wei Po s'était-il souvenu de cela, ou bien cette sagesse était-elle innée chez lui ? Car son père à lui, issu d'une famille ancienne, avait ouvert un petit commerce alors que le mot « commerce » était encore assez péjoratif dans le milieu mondain de l'époque. Était-ce pour cette qualité que mon arrière-grand-père l'avait choisi comme gendre, et pour la même raison que Wei Po avait décidé d'épouser une jeune fille aux pieds à demi formés ? De toute façon je décèle, dans la décision que mon grand-père avait prise de s'exiler, une incapacité à conserver son équilibre entre les deux femmes. Et c'est en abandonnant l'idée de cet impossible équilibre qu'il finit par réaliser la philosophie de la « moyenne » et à trouver la paix. Par là il différait fondamentalement de son beau-père, et l'avait peut-être surpassé.

Un matin de février 1933, mes grands-parents montèrent donc dans le bateau. Mon père sautillait derrière eux. Lie-Fei avait le pas lourd : elle attendait son quatrième enfant. « J'espère que tu auras une petite sœur », dit-elle à son fils. La date prévue de son accouchement approchait, mais elle n'avait pas voulu retarder le départ. « Cette ville-là était trop vieille, m'expliquerait-elle plus tard. Il y avait dans l'air de notre pays d'origine un goût de cadavre. Ma famille aussi était en train de s'anéantir. Je l'avais lu dans les yeux de mon père le jour où nous nous étions promenés dans le parc pour la dernière fois. Je pensais alors à éloigner le plus possible de cette terre mon nouvel enfant, à l'empêcher de pourrir avec nous. » C'est pourquoi, lorsque le bateau s'éloigna du quai, Lie-Fei tourna le dos à la rive où s'arrêtait la voiture de sa belle-mère Sheng et où couraient désespérément ses deux fils aînés : Ging et Lou.

Le bateau s'en allait dans un canal qui reliait le nord et le sud du pays. Il était donc probable que depuis des siècles les empereurs de Beijing avaient bu la même eau que les habitants du sud. Lie-Fei devenait de plus en plus pâle en découvrant que le goût de son pays natal ne l'avait pas quittée. Tout au long du voyage. Et elle savait que ce goût provenait de l'eau du canal. Elle voyait dans cette eau mêlée de boue jaune le lac de sa ville dans lequel pourrissaient les feuilles de lotus à la fin de l'automne. Le bateau passa à travers les immenses terres monotones. Le vent du nord apportait par intervalles des grondements de canon. Wei Po restait des journées entières sur le pont, les yeux fixés sur l'horizon. Il rentrait dans la cabine à l'heure du dîner, en toussant, le visage imprégné des reflets du crépuscule.

Le bateau accosta un soir dans un petit port obscur. Une foule envahit bruyamment le bateau et le fit chanceler. Mon père, qui s'ennuyait depuis le début du voyage, fut enfin excité. Il courut parmi de nombreuses jambes, monta et descendit l'escalier, et se fit de nouveaux amis. Quand le bateau repartit, il n'était pas dans sa cabine. Son père sortit deux fois le chercher mais ne le trouva pas. Sa mère devint alors nerveuse et éprouva une douleur aiguë dans le ventre. Elle courut sur le pont. Son mari n'aurait jamais cru qu'elle fût capable de courir ainsi, à cause de ses pieds.

« Qu'on arrête le bateau ! s'écria-t-elle en sortant de la cabine. Notre fils est resté dans le port ! » Quelques voyageurs supposèrent que l'enfant jouait probablement sur le pont supérieur, mais la mère ne voulait rien entendre. Elle affirmait que son fils était encore dans le port et criait d'une voix déchirée vers le trou noir que le bateau venait de quitter. Il y avait dans son expression quelque chose qui fit tressaillir son mari. Le gamin sortit enfin d'on ne savait où et rejoignit ses parents. Alors la mère se calma et des larmes froides commencèrent à couler sur ses joues empourprées. Cette nuit-là elle eut terriblement mal au ventre. La douleur s'atténua vers le lever du jour, lorsque le bateau pénétra dans le port encore sombre de Shanghai. Elle comprit que son enfant, peut-être sa fille, avait pourri dans son ventre et coulait hors de son corps avec la puanteur de son pays natal. Elle s'endormit profondément et rêva à la scène où sa mère crachait du sang le jour de son mariage.

GRAND-TANTE QING-YI

Fille unique, grand-mère Lie-Fei avait une cousine qu'elle considérait comme sa sœur et dont le nom me semble très beau : Qing-Yi (fraîche vague). Elle s'était mariée dans une province voisine à peu près en même temps que ma grand-mère. Depuis, elle n'avait pas quitté cet endroit, sauf pour les visites familiales.

J'ai vu cette grand-tante à Shanghai les deux ou trois fois qu'elle est venue voir ma grand-mère. Avec ses pieds parfaitement opérés (ce qu'avait mentionné plusieurs fois ma grand-mère), elle avait toutefois l'allure leste. Elle portait toujours une robe rouge foncé qui rendait son front plus pâle. C'était au début des années soixante-dix. Chaque fois qu'elle nous visitait, Qing-Yi nous apportait les spécialités de sa province. Elle les sortait de son sac poussiéreux comme s'il s'agissait de perles et de diamants. Des œufs bleus, des haricots secs et des légumes salés... Ma mère ne les aimait pas trop et ne m'en donnait qu'une quantité très limitée. Je les trouvais pourtant terriblement délicieux.

Et ce n'était pas tout : grand-tante racontait des histoires. Des histoires de fantômes où une jeune femme se noyait après s'être moquée d'un passant inconnu qui ressemblait à son arrière-grand-père ; où une famille entendait des pas dans une chambre vide ; où des lumières s'allumaient dans une maison déserte en pleine nuit, etc. Les protagonistes de ces histoires étaient toujours des femmes.

À cette époque, je me préoccupais beaucoup de l'existence des fantômes. Je demandai une fois à grand-tante : « Crois-tu qu'il y a vraiment des fantômes dans le monde ? » Elle mit sa main sur mon épaule, et je l'entendis dire, après un léger soupir : « Tu es trop jeune pour pouvoir y croire. » Ce n'était pas une réponse. Et puis c'était faux. J'avais à ce moment-là, comme le reste de la nation, une grande soif de croyance. J'étais prête à croire en Dieu, au diable, à Bouddha, aux fantômes, à n'importe quoi pourvu qu'on me donnât quelque chose auquel croire. Je ne distinguais pas la religion de la superstition puisque l'une et l'autre étaient également blâmées et interdites. Par ailleurs, le maoïsme m'enseignait la méfiance envers tout ce qui ne semblait pas littéralement matériel et, en tant que femme, envers les hommes. « Sur le dos des femmes, nous disait-on, il y avait trois montagnes qui risquaient de les écraser : le droit de leur père, le droit de leur mari et le droit de leur fils... Une fois libérées, ces femmes pourraient bien soulever une moitié du ciel. » De toute façon, je dus reformuler ma question :

— As-tu jamais vu un de ces fantômes de tes propres yeux, grand-tante ?

— Les fantômes, ma petite, on ne les voit pas : on les sent.

Ce soir-là, dans mon lit, je pensai longtemps à cette phrase.

Le mariage de Qing-Yi reste un grand mystère pour notre famille. Pendant de longues années, elle rendit régulièrement visite à ma grand-mère sans jamais l'inviter chez elle. Grand-mère ne s'en formalisait pas, pensant qu'elle n'était pas tout à fait libre chez elle, entourée par les membres de sa belle-famille. Le couple n'avait pas d'enfants, ce qui devait être inacceptable pour une famille de province. Qing-Yi sortait toujours seule, son mari souffrant des poumons, d'après ce qu'elle disait. Souvent, nous lui demandâmes les photos de son mari. Il fallait quand même que ma grand-mère connût son beau-frère, mon père son oncle, et moi mon grand-oncle. Qing-Yi nous montrait toujours la photo d'un adolescent au beau visage maigre. L'adolescent ne grandissait pas. Le temps semblait s'être figé sur cette photo devenue de plus en plus jaune.

Nous apprîmes le décès de ce mari peu après que Qing-Yi fut atteinte d'un cancer au cerveau. Lorsque, en cette froide matinée du début de printemps 1975, grand-mère et moi nous arrivâmes chez grand-tante, on nous apprit que les funérailles de grand-oncle avaient déjà eu lieu. La photo du défunt au visage d'adolescent était au fond du salon. On allait et venait sans y jeter un coup d'œil, comme si on y était trop habitué. Le malheureux grand-oncle, pensais-je, tombait trop vite dans l'oubli, peut-être parce qu'on devait s'occuper de sa femme malade. J'essayai en vain d'attirer l'attention de la famille sur grand-oncle. À ma question : « N'y a-t-il pas une photo plus récente de grand-oncle ? » son frère répondit que ce dernier n'aimait pas se faire photographier. Et il s'éloigna, comme pour éviter d'autres questions. Pendant le reste de mon séjour là-bas, il me fut difficile de l'aborder.

Grand-tante attendait la fin de ses jours. Elle avait choisi de mourir dans la maison de sa belle-famille. Elle délirait tout le temps. Sa tête, que jadis grand-mère jugeait très délicate et remplie de poésie ancienne (dans leur enfance elles avaient lu les poèmes de Tang ensemble), gonflait d'une façon exagérée, tandis que son corps maigrissait de jour en jour jusqu'à ce qu'une proportion normale entre son corps parfaitement malade et ses pieds parfaitement opérés soit désormais établie. Je n'osais pas entrer dans sa chambre. Par la porte entrouverte ou à travers les vitres de la fenêtre, je jetais des coups d'œil rapides sur ce corps devenu méconnaissable. J'avais peine à croire que la nature puisse défigurer un être humain à ce point, comme dans les histoires de fantômes.

Grand-mère devait veiller la malade. On envoya Ling, une jeune fille de mon âge, m'accompagner dans la chambre des invités au deuxième étage. Je dormais mal. On entendait des gémissements venant de l'autre extrémité de la maison. Il pleuvait. Le vent ébranlait les vieilles fenêtres. Ling semblait avoir peur, elle aussi. Elle devait être la petite-nièce de mon défunt grand-oncle, si je ne me trompe pas. «Ce temps de chien est favorable à l'apparition des fantômes», dit-elle. Nous décidâmes alors d'échanger des histoires. Apeurées d'avance, nous nous enveloppâmes de couvertures. Je repris les histoires que grand-tante m'avait racontées et qui me bouleversaient encore, mais Ling n'en fut pas satisfaite. Elle les trouvait remplies de clichés. «Ce n'est

48

pas ça, la véritable histoire », dit-elle. Et elle me raconta sa version de l'histoire, que je repris dans mon journal :

« Les choses se sont passées ici, dans cette maison. Eh bien, oui. T'en as fait le tour, non ? Tu le feras demain. Mes parents, mes frères et moi nous dormons au troisième étage. Les chambres du deuxième sont réservées à la génération de mes grands-parents. T'as vu la chambre de grand-tante ? Celle de mes grands-parents est à côté. Comme tu vois, la chambre où nous sommes se trouve juste au milieu du couloir. Elle a déjà été occupée par mes arrière-grands-parents. Un demi-siècle après leur mort, personne n'a encore eu l'idée de s'y installer. Mon frère, qui compte se marier sous peu, s'évertue à trouver un appartement ailleurs, dans les quartiers moins agréables. C'est pas fou ? Mais c'est qu'on n'aime pas le deuxième étage. La nuit n'y est pas apaisante. Et c'est ainsi depuis de longues années. Mais n'aie pas peur, il y a du monde ces jours-ci. Quand il y a du monde, ça va beaucoup mieux.

« D'habitude, on n'était pas nombreux dans la maison. Grand-oncle ne descendait jamais du lit. Grand-tante voyageait souvent, tu le sais bien. Elle aimait aller chez vous, à Shanghai. Elle se croyait Shanghaïenne, elle ! et plus "civilisée" que nous. Elle ne mangeait d'ailleurs pas avec nous. Elle se préparait un petit repas et montait dans sa chambre. Elle devait manger silencieusement avec son mari. Elle ne parlait pas, ni dans la cuisine ni dans sa chambre. Ce qui me faisait peur chez elle, c'était bien son silence.

« Mon père a dit que ce n'était pas mieux lorsque mes arrière-grands-parents étaient vivants. L'arrière-grand-mère se chargeait de son fils quand sa belle-fille n'était pas là. Il y avait des querelles entre elles. Tout le monde se querellait au deuxième étage.

« Après la mort de l'arrière-grand-mère, grand-mère s'est occupée de grand-oncle à son tour. Un jour, dans le couloir, j'ai surpris grand-mère en train d'arracher les cheveux à la grand-tante et puis se faire frapper en pleine figure. Quelle bataille muette et féroce ! J'ai appelé mon père, mais il ne voulut pas entendre. Les deux femmes m'ont regardée un instant, puis se sont vite séparées. Plus tard, elles sont descendues toutes les deux dans la cuisine. Sous prétexte d'aller chercher une pomme, je les ai observées du coin de l'œil. Je n'ai vu que deux visages à l'expression si paisible que je doutais presque de ce que j'avais vu un peu plus tôt.

« Si des scènes de ce genre se produisaient rarement le jour au deuxième étage, elles devaient être plus fréquentes et plus étranges pendant la nuit. Un soir, mes parents ont menacé de me punir pour quelque mauvais coup. Je me suis alors enfuie dans la chambre de mes grands-parents et m'y suis endormie. Grand-mère semblait de bonne humeur ce soir-là, car elle ne m'a pas chassée comme elle le faisait habituellement. Vers minuit, un bruit sous la fenêtre m'a réveillée. Pour avoir retenu mon souffle, j'ai failli m'évanouir. Une lamentation s'élevait doucement, s'apaisait, réapparaissait, disparaissait. Mes grands-parents remuaient dans le lit, puis ne bougeaient plus. J'étais prête à me rendormir quand on a frappé contre la vitre. Quelqu'un était là ! La main sur la bouche, les yeux fixés sur la fenêtre, j'attendais le deuxième coup. Mais grand-père s'est levé et s'est élancé hors de la chambre. À travers les rideaux, j'ai vu des ombres se bousculer. Deux ou trois minutes plus tard, grand-père rentrait dans la chambre. Il avait les poings serrés. Grand-mère s'est mise à tousser fortement. J'ai feint de m'endormir profondément pour me donner une autre chance.

« Hélas ! ce serait pourtant la dernière fois que je coucherais chez mes grands-parents. J'ai fait la bêtise de tout raconter à ma mère le lendemain. "Encore ce fantôme ! s'est-elle écriée. Il a poursuivi tes arrière-grands-parents jusqu'à leur mort, et puis il a changé de cible. Qui sait à qui ce sera le tour ? " D'un air anxieux, ma mère m'a dit de ne plus jamais passer la nuit au deuxième étage.

« Ma chambre se trouvait juste au-dessus de celle de mes grands-parents. Souvent je me suis allongée sur le plancher de ma chambre pour distinguer les bruits confus de la nuit. Pas de résultats ! Je t'en raconterais plus long si seulement j'osais, en pleine nuit, sortir de ma chambre, courir dans le couloir ou même descendre l'escalier ! »

Je proposai de sortir de la chambre : ensemble, nous n'avions rien à craindre. Mais Ling ne voulait pas. Elle avait toujours peur de grand-tante, même si elle agonisait maintenant à l'autre bout du couloir. Mais pourquoi ? Grand-tante était si intelligente et généreuse. Je ne pus cacher mon étonnement. « T'as pas vu sa tête ? » répliqua-t-elle. Je lui demandai si elle connaissait bien grand-oncle. Elle secoua la tête : Grand-oncle était toujours malade, et l'accès à sa chambre était interdit aux enfants. « Pourtant, ajouta-t-elle, je l'ai déjà aperçu dans son lit, dormant sous les couvertures. Un pauvre homme-légume. »

C'était une nuit agitée. Le vent continuait à forcer les fenêtres. Des pas lourds allaient et venaient dans le couloir. Des chuchotements, très retentissants dans la nuit, s'élevaient de partout dans la maison, de toutes les chambres et de tous les coins. Et, au milieu de tout cela, il nous fallait essayer de trouver le sommeil !

Deux jours plus tard, grand-tante fut enterrée à côté de son mari, simplement, portant toutefois les petites chaussures très belles que ma grand-mère venait à peine de terminer pendant notre voyage. La famille aurait une chambre vide de plus au deuxième étage. Ling aurait peut-être moins peur. Je me consolais de ce que grand-tante n'eût pas souffert trop longtemps. Grand-mère était sans doute la plus triste de tous : ce n'était pas drôle dans sa vieillesse d'assister à la mort d'une amie d'enfance. Quant à ce que Ling m'avait raconté, je préférais l'oublier et surtout ne pas en faire part à grand-mère.

Mais, à peine montées sur le bateau de retour, quelqu'un nous aborda. C'était un homme dans la soixantaine, avec l'accent de la région. Il savait que nous étions des parents de Qing-Yi et avait quelque chose à nous dire, sans vouloir dévoiler son nom. Il semblait bien connaître la belle-famille de ma grand-tante. Mais, selon lui, tout le monde la connaissait bien, étant donné l'importance qu'elle avait eue autrefois dans la région. Et il espérait que ce qu'il allait dire ne nous troublerait pas trop. Grand-mère hocha la tête; j'avais le cœur serré. Comme le bateau allait partir, il écourta son récit. D'après ses renseignements, il n'y avait pas eu de cérémonie de mariage de ma grand-tante. Le présumé mari, fils préféré de la famille, était mort de tuberculose quelques mois avant le mariage. Il y avait vraisemblablement eu une entente entre les parents des « époux ». Quant à la jeune mariée, on ne savait pas si elle avait été mise au courant de cette entente. Elle semblait avoir bien joué la comédie. Ce qui était important pour une fille bien élevée comme elle, c'était d'obéir à ses parents qui voulaient son bien. Au fond, son mariage devait lui assurer jusqu'à sa mort une vie convenable. Malgré tout cela, la réputation de ma grand-tante n'était pas très bonne, car ses beaux-parents disaient à leurs amis qu'elle était un peu « spéciale ». On siffla une deuxième fois: le bateau était sur le point de démarrer. L'homme inconnu ajouta ceci avant de sauter sur le quai: si on allait ouvrir le cercueil du mari « mort récemment », on trouverait un morceau de bois à la place du corps !

Grand-mère en fut complètement atterrée. Je tâchai de la convaincre que ce n'était qu'une histoire racontée par un inconnu dont nous ignorions jusqu'au nom. Nous n'avions pas envie d'aller briser le cercueil de mon grand-oncle pour découvrir la vérité. Ce n'était plus la peine. Les vérités meurent avec les hommes. Je ne pouvais pourtant pas m'empêcher d'imaginer que, parmi mes ancêtres, se trouvait un grand-oncle en bois, fantôme de l'enfant mort qui s'accrochait à ma grand-tante pour vivre en elle, sucer son sang, épuiser sa jeunesse et torturer son âme jusqu'à ses derniers jours.

L'ARBRE MEURT
EN SE DÉPLAÇANT

Le bateau arriva à Shanghai le 21 février 1933, cinq jours après son départ du pays natal de mes grands-parents.

Dans la voiture qui avait quitté l'hôpital central de Shanghai et qui roulait vers la concession française, grand-mère Lie-Fei contempla la ville. Elle fut surprise de voir une foule de femmes marchant à grands pas dans la rue remplie de soleil. Avec leurs cheveux courts soulevés par le vent, elles donnaient l'impression de s'envoler. Son mari lui dit que c'étaient les ouvrières qui allaient travailler jusqu'à onze heures du soir. Quand la voiture traversa le quartier ouvrier, quelques femmes sortirent, entourées d'enfants, les pieds longs et nus dans de larges pantoufles. Elles jetèrent à la voiture des regards plutôt hostiles. L'une d'entre elles, toute rouge, frappa violemment son petit enfant. À l'intérieur de la concession, Lie-Fei ne croisait presque pas de regards. Elle eut l'impression de plonger dans un monde auquel elle était étrangère et où circulaient des ombres muettes et sans yeux. Mais bientôt elle prit conscience que cette première impression était fausse, car lorsqu'elle descendit de sa voiture devant une épicerie, elle sentit de nouveau une chaleur brûlante à la pointe de ses pieds. C'était comme si la ville s'éveillait soudain et ouvrait les yeux. Les dames surtout ralentissaient le pas, puis poussaient des soupirs bruyants en reprenant leur chemin. À vrai dire, les pieds de ma grand-mère n'étaient pas plus petits que ceux de ces dames, mais ils étaient beaucoup moins plats. Des os énormes saillaient, donnant à penser qu'elle avait dû avoir les pieds très longs, aussi longs peut-être que ceux de maman Ai-Fu.

De toute façon, elle retrouva dans l'air de cette ville le goût de son pays natal. Mon père aime qualifier d'absolutisme ce goût contre lequel son père et son grand-père avaient vainement lutté. Ce goût était ici plus froid et plus aigu, car les gens de cette ville buvaient non seulement de l'eau jaune du canal, mais aussi de l'eau salée de l'océan. Ce fut probablement pour cette raison que grand-mère ne regretta pas trop l'enfant perdu au cours de route et qu'elle se promit de ne plus en faire.

Les affaires de Wei Po allaient bien, même aux moments les plus pénibles de la guerre contre les Japonais. Il manquait quelquefois de cuir, mais parvenait quand même à se débrouiller. Il fréquentait à l'époque un interprète japonais et arrivait à prononcer quelques mots en japonais. Lie-Fei n'osait pas manifester sa répugnance lorsque son mari s'y risquait en présence d'amis. Bref, l'usine de Wei Po s'était agrandie alors que plusieurs avaient fermé.

Wei Po voyait de plus en plus fréquemment son médecin à cause de l'état de ses poumons. Celui-ci disait que tout le monde avait les poumons malades à cause de cette époque tourmentée. Selon lui, la pneumonie était une des maladies « chaudes » qui causaient la fièvre. Le médecin lui recommandait donc des aliments de nature « froide », comme les racines de lotus.

Les habitants de Shanghai mangaient depuis longtemps les racines de lotus. La première fois qu'on en apporta à la maison, ma grand-mère alla les voir à la cuisine. Les racines de lotus étaient là, entassées dans un panier de bambou. Elles étaient si blanches et avaient l'air si propres qu'on ne pouvait croire qu'elles étaient à peine sorties du fond boueux de la rivière jaune. Elles avaient presque toutes une forme gracieuse, longues à peu près de trois centimètres, avec un bout rond et un autre pointu. Lei-Fei pensa alors aux pieds de sa mère. Elle se souvint vaguement de la conversation qu'elle avait eue avec maman Ai-Fu le soir de son opération. Maman Ai-Fu s'était donc trompée : on voulait que ses pieds ressemblent aux racines et non aux fleurs de lotus.

Les racines de lotus ne sauvèrent pas mon grand-père. La fièvre avait détruit ses poumons. Il eut à peine le temps d'appeler son fils aîné Ging pour s'occuper de ses affaires. Pendant ses derniers jours, il supplia sa femme de se remarier. Elle dit non, le remariage étant alors une idée encore trop révolutionnaire pour elle.

— Ta fortune me suffit pour vivre, ajouta-t-elle.

— Non ! insista le mari.

Et il toussait violemment. Après la convulsion, il prononça encore une fois « non ».

Bientôt, dans cette maison de Shanghai, une photo sombre s'ajouta au mur du salon, une photo semblable à celle qu'on trouvait chez la mère de Wei Po. Celle-ci ne fut pas étonnée en recevant la triste nouvelle.

« Comprends-tu l'ordre des choses ? dit-elle à Ging. On avait prévu tout ça il y a très longtemps. » En effet, Sheng n'oublierait jamais de sa vie le retard de sa belle-fille à la cérémonie du mariage. Le destin de la famille fut ainsi déformé. Un destin déformé c'est comme des pieds mal opérés, se dit-elle. Oui, c'est ça. Que le ciel punisse ceux qui ne veulent pas écouter les voyantes. Après les funérailles, l'oncle Ging retourna auprès de Sheng et y passa un certain temps pour la consoler. Trois mois plus tard, elle mourut tranquillement.

C'était l'été de 1945. Les gens célébraient dans les rues la fin de la guerre contre les Japonais en hurlant des chants et en frappant sur les tambours. Vêtue d'une robe noire, ma grand-mère s'asseyait devant la fenêtre du deuxième étage. Elle regardait en bas : la foule avançait comme une eau noire qui coulait et cela lui donnait le vertige. Elle avait la nausée comme sur le bateau qui l'avait emmenée à Shanghai. La rumeur montait dans les lumières brûlantes. Le visage en sueur, elle se sentait portée par des courants tourbillonnants. Ses pieds surtout étaient trop maladroits pour s'accrocher à quoi que ce soit autour d'eux. Et elle glissait, glissait infiniment, comme dans ce rêve qu'elle faisait depuis son enfance.

Après la guerre contre les Japonais, le gouvernement n'osait plus négliger l'armée rouge. En tout cas, au lieu d'être de simples « bandits campagnards », c'était une véritable armée. Dans presque tous les coins de la ville, il y avait autant de communistes que de fourmis dans un arbre malade. Une nouvelle guerre éclata, aussi cruelle que celle contre les Japonais. Ma grand-mère ne savait pas pour quel motif on s'acharnait cette fois. Bientôt, les étrangers se préparèrent à quitter la ville. Les riches, terrifiés par la légende communiste, s'empressèrent de s'exiler.

Dans l'usine que gérait à ce moment-là l'oncle Ging, le fils aîné de la famille, les choses allaient de travers. Le cuir manquait. Les commandes de souliers diminuaient. Déjà, dans les concessions, plusieurs magasins de souliers avaient dû fermer. Et voilà qu'un groupe d'ouvriers décidaient de faire la grève pour une augmentation de salaire. Ils possédaient des fusils provenant d'on ne savait où, avec lesquels ils empêchaient les autres ouvriers d'entrer dans l'usine.

Ging, dont le visage avait un teint rougeâtre qui déplaisait à sa mère, essayait en vain de négocier. Il buvait beaucoup à l'époque. Le soir du dixième jour de la grève, après son sixième verre, n'en pouvant plus, il déclara qu'il aurait recours à la police. Grand-mère s'emporta : « Ton père n'aurait jamais permis cela s'il avait été ici ! » Ging ne dit rien. Il regarda sa mère avec des yeux tout aussi furieux. Le lendemain soir, revenu à la maison, il annonça calmement qu'il avait fermé l'usine et confié à un certain Wang, ami de son père, le soin de la vendre. Quant à lui, il allait partir pour Hong Kong le soir même. Entendant cela, grand-mère alla s'enfermer dans sa chambre. Mon père regarda son frère faire sa valise et pleura silencieusement. Ging partit de la maison sans se retourner une seule fois, comme sa mère l'avait fait il y a dix ans en quittant son pays natal. Il avait alors vingt-deux ans, et on n'aurait plus jamais de ses nouvelles.

Ce soir-là, ma grand-mère ne quitta pas la fenêtre. Vers minuit surgit d'un coin de la ville une lumière splendide. Elle se demanda un moment d'où elle pouvait venir. Puis elle fut attirée par les nuages brillamment éclairés qui dessinaient des dragons d'or. Elle crut revoir le chapeau de son père. Les dragons dansaient au vent, le chapeau se brisa en morceaux qui se dispersèrent comme des fumées. Elle s'endormit, la tête appuyée sur le bord de la fenêtre. Réveillée par un coup de vent froid auquel se mêlait une odeur désagréable, elle vit que cette lumière splendide avait disparu. Plus de dragons. Rien que des traces blanchâtres dans un coin du ciel nocturne.

Le lendemain matin, Wang vint la voir. Il parla beaucoup, mais grand-mère comprit une seule chose : la veille, un incendie avait entièrement détruit l'usine. Cet ami revint plus tard pour lui remettre des papiers, quelques chèques, peut-être. Elle les prit sans vraiment comprendre les explications qu'il lui fournit alors.

L'année suivante, mon père termina ses études secondaires. Il pensait travailler dans une usine de souliers alors que sa mère pensait à autre chose.

La ville de Shanghai baignait dans une couleur de plus en plus éclatante. Le ciel était pourpre jour et nuit. Quand le vent s'élevait, on entendait des coups de feu dans les banlieues. Les rues des concessions se vidèrent un moment, mais se remplirent presque tout de suite de gens qui parlaient une dizaine de dialectes. Ils avaient tous un visage rouge foncé, peut-être à cause d'une vie passée dans les tranchées. Déjà, les drapeaux rouges claquaient sur des édifices au-dessus desquels les avions passaient fréquemment. Pendant cette période, Wang, qui fut exécuté après la Libération, venait presque tous les soirs chez les Wei. Grand-mère et lui parlaient longuement dans le salon. Enfin, en automne 1949, les défilés passèrent sous les fenêtres, célébrant la victoire des communistes exactement comme ils l'avaient fait quatre ans plus tôt. Grand-mère appela mon père dans le salon. Elle le fit s'agenouiller devant la photo sombre de son père et lui tendit une enveloppe. C'était un passeport et un billet d'avion pour Paris. Pour le reste, il se débrouillerait tout seul, à moins de retrouver Jérôme, un vieil ami de la famille, dont on était sans nouvelles depuis quelques années.

Je demandai à grand-mère comment elle avait fait ce miracle. « Monsieur Wang te raconterait ses démarches, dit-elle, s'il vivait aujourd'hui. Moi, je n'en sais rien. J'ai simplement vendu quelques antiquités de la famille et tous mes bijoux. »

ONCLE JÉRÔME

Tous les membres de notre famille appelaient Jérôme « oncle ». Comme il était l'ami de mon arrière-grand-père, grand-mère le traitait comme s'il était son oncle. En fait il était devenu un ami intime de grand-mère Lie-Fei lorsqu'il lui avait enseigné le français, d'après ce qu'il dit à mon père ; de sorte que ce dernier le considérait comme son oncle, lui aussi. Moi, je l'appelais « oncle » parce que mon père et lui étaient devenus de vrais amis lorsqu'ils demeuraient tous les deux en France. Et lors de notre rencontre, Jérôme me dit qu'il était aussi mon ami. Il serait donc l'oncle de mon futur enfant ? J'en étais très confuse.

Selon l'enseignement de grand-mère, un oncle, c'est quelqu'un d'une génération précédente et qu'on doit respecter. Tout comme un père ou une mère, un oncle peut devenir un être cher, mais rarement un ami. Les amis de mes parents me parlaient comme à une enfant. Ils se contentaient de me voir devenir l'amie de leurs enfants. Mais avec Jérôme, c'était différent.

Il avait fait connaissance de mon arrière-grand-père à l'occasion d'un dîner à Beijing. Fils d'un missionnaire alors actif dans le milieu politique chinois, Jérôme faisait des études de chinois, se spécialisant dans l'histoire de l'ancienne Chine. Il avait plu à mon arrière-grand-père, probablement parce que celui-ci voyait dans les critiques que ce jeune Français adressait au monde occidental moderne (ce que le père de Jérôme n'aurait jamais fait) des raisons de justifier l'existence d'un empereur et de beaucoup d'autres choses propres à la Chine. Le fait que Jérôme était un Occidental mécontent de l'Occident devait être important pour mon arrière-grand-père, puisque à la veille des révolutions, il lui était difficile, en tant que Chinois, de résister à l'influence étrangère et de plaider pour le vieux système de son pays sans risquer d'être accusé d'étroitesse d'esprit.

Jérôme revint nous voir une fois dans les années quatre-vingt. Il avait laissé chez nous une photo que grand-mère avait cachée dans un livre de Mao pendant la révolution culturelle. La photo avait été prise à Beijing. C'était au bord du lac, à l'intérieur du palais d'Été. Les fleurs de lotus y apparaissaient sous leur meilleur jour. Debout à côté de mon arrière-grand-père, Jérôme portait une robe d'homme de style chinois qui ne lui allait pas parfaitement bien. Une longue natte blonde traînait sur sa poitrine. Il paraissait drôle et si jeune à ce moment-là. Maintenant que ses cheveux étaient devenus tout blancs, Jérôme nous dit qu'il s'agissait probablement là de son dernier séjour dans notre pays. Son chinois parlé, que grand-mère vantait de temps en temps auprès de nous pour nous pousser à bien apprendre d'autres langues, n'était plus aussi bon qu'avant et il me fallait parfois lui servir d'interprète. Mais Jérôme refusa mon aide quand il voulut causer avec grand-mère Lie-Fei. Mon père me fit signe de les laisser seuls.

Grand-mère m'avait raconté beaucoup de choses sur sa vie, mais avait sans doute simplifié, non sans arrière-pensées, les relations que Jérôme avait eues avec notre famille. Ce ne fut qu'après la dernière visite de Jérôme, et parce que je l'en suppliais, qu'elle me confia cette partie de son histoire :

« J'ai connu Jérôme tôt dans mon enfance. Il vivait dans notre ville natale et poursuivait ses recherches. Il venait souvent chez nous depuis que mon père était revenu de Beijing où ils avaient fait connaissance. À cette époque, Jérôme était moins sociable qu'aujourd'hui. Il était grand, pâle et silencieux. Il pouvait passer, assis dans un coin de notre salon, des après-midi entiers sans rien dire. Parfois, à travers les portes vitrées, il nous regardait, mes cousins et moi, jouer dans le jardin. Ne voulant pas être observés, nous lui faisions des grimaces et même lui montrions les poings. "Savez-vous qu'il n'est pas Chinois ?" disais-je à mes cousins tout intrigués. Et lorsqu'il ouvrait les portes comme pour venir nous rejoindre, nous nous enfuyions comme des oiseaux surpris. Ce qui nous effrayait le plus chez lui, c'était le long poil de ses mains. Nous punissions alors quelquefois l'un d'entre nous en lui demandant de jouer à l'"étranger". Il devait imiter des langues étrangères, feindre de ne pas nous comprendre et se comporter très bien pour redevenir Chinois.

« À l'âge de quinze ans, je ne jouais plus avec mes cousins. Je passais le temps à lire des poèmes dans le jardin. C'était un après-midi d'automne. Les feuilles

mortes tombaient sur moi et je me sentais bien. J'avais
hérité de mon père ce goût pour l'automne. Jérôme vint
sonner. Je lui ouvris et lui dis que mes parents faisaient
la sieste. Maman Ai-Fu nous apporta du thé. On se mit
à causer sous les arbres. C'était la première fois que je
parlais ainsi, face à face, avec un jeune homme. Jérôme
était assis et paraissait moins grand que d'habitude, ce
qui rendait notre entretien plus aisé. Ce jour-là, je décou-
vris qu'il avait de très beaux yeux. Ils étaient bleus
comme un lac. Et je les trouvais, sans savoir pourquoi,
un peu tristes. Jérôme ne parlait pas beaucoup. Il me
regardait en enlevant les feuilles qui collaient à mes
cheveux. Pour l'animer, je lui racontai le "jeu de l'étranger" que mes cousins et moi avions joué autrefois. Il
sourit :

— Pauvres petits ! J'espère que tous ne sont pas
condamnés à jouer à l'étranger !

— N'avez-vous pas un jeu semblable, lui demandai-
je, je veux dire : ne vous croyez-vous pas obligé de jouer
au Chinois ?

— D'abord, il y a deux sortes de jeu : il est toujours
plus agréable de jouer à l'étranger dans un pays étranger
ou au Chinois en Chine que de jouer à l'étranger chez
soi ; et puis je ne joue pas au Chinois, j'en suis un.

— Ah ! si vous le dites.

« Je baissai la tête et n'arrivai pas à dissimuler ma
déception. Au bout de quelques instants, je repris :

— Mais enfin, il est toujours moins pénible de jouer
au Chinois que d'être un Chinois, vous ne trouvez pas ?

« Mon père s'approcha de nous et s'excusa d'avoir
dormi. Il invita Jérôme à voir les tableaux qu'il venait

d'acheter. Jérôme me fit signe de les suivre. Je ne le fis pas. Mon vieux maître m'avait dit de ne pas me mêler aux activités de mes parents, surtout pas à celles des hommes. En tant qu'ami de mon père, Jérôme n'était qu'un oncle pour moi, rien qu'un oncle.

« Quelques jours plus tard, mon père me proposa de remplacer les cours de chinois par des cours de français. Je compris tout de suite que Jérôme serait mon maître et je rougis. J'avais honte de cette rougeur, bien qu'excitée à cette idée, car je pourrais enfin véritablement "jouer à l'étranger".

« Dès le premier cours, aussitôt que j'eus appris l'alphabet, Jérôme me demanda pourquoi les Chinois utilisaient les pictogrammes alors que la plupart des peuples du monde avaient adopté le système alphabétique. Je lui dis ce que je pensais. Je croyais que toutes les langues primitives étaient pictographiques, ce qui caractérisait la manière de penser des humains de l'époque. Pour créer un système alphabétique, il fallait d'abord découvrir les phonèmes. Les Grecs l'avaient fait il y avait plus de deux mille ans. Pour des raisons inconnues, les Chinois n'avaient commencé les recherches sur la phonétique qu'après l'an 25, sous la dynastie Han. Il était alors trop tard pour que la langue chinoise adopte un système alphabétique, parce que cette langue avait déjà atteint sa maturation et que ses usagers n'aimaient pas changer quoi que ce soit à leur culture. Jérôme secoua la tête :

— Mais la langue chinoise telle qu'elle est est très belle, tu ne trouves pas ?

— Je ne la trouve pas plus belle que d'autres.

« Je décidai de ne plus me livrer à ce genre de discussions que l'oncle Jérôme adorait. Il me fallait apprendre une langue alphabétique, et nous étions là pour cela, c'était l'essentiel. Au cours des rencontres, j'appris des mots et des expressions pour chacun desquels Jérôme avait trouvé un équivalent en chinois. Il me fallait alors être très attentive afin d'éviter que ces cours de français ne se transforment en cours d'histoire chinoise. En effet, durant mon apprentissage du français, qui dura deux ans, Jérôme m'a fait connaître notre culture autant que mon ancien maître l'avait fait. J'appris le côté raisonnable de l'ordre "roi, supérieur, père, fils" et j'avais, d'après mon nouveau maître français, la noble responsabilité de respecter et de maintenir cet ordre dont j'étais complètement exclue. J'appris les raisons pour lesquelles on bandait les pieds des femmes et le symbole sacré qui associait les pieds opérés aux racines de lotus. J'appris également la suprême sagesse de fuir l'idée de propriété et de prospérité matérielle. En revanche, qu'ai-je appris de la culture occidentale ? La sanglante Révolution française et l'absurde Première Guerre mondiale, et un seul roman : *Les Lettres persanes*. Jérôme me déçut. Sa parfaite maîtrise de la langue chinoise et sa connaissance érudite de notre culture, après m'avoir impressionnée, m'éloignèrent de lui. Sa robe chinoise et sa longue natte derrière le dos le rendaient ridicule à mes yeux. Je n'avais plus peur du poil de ses mains. Au contraire. Il ne pouvait, par bonheur, enlever ce poil. À tout prendre, je l'aurais préféré moins chinois.

« De tout cela, je ne dis rien à mon père. J'avais pourtant menacé de dénoncer Jérôme à mon père. Jérôme avait souri :

72

— Si tu es encore une Chinoise, comment peux-tu faire cela à ton maître au lieu de lui témoigner davantage de respect ?

« Le maître pouvait alors tutoyer son élève, alors que ce dernier devait vouvoyer son maître.

— Mais je peux tout de même cesser de suivre vos cours si je le désire, n'est-ce pas ?

— Non, tu ne peux le faire que si ton père est d'accord.

« Hélas, il connaissait assez bien l'ordre chinois pour se défendre contre moi. Au fond de mon cœur, je souhaitais que ses cours ne prennent jamais fin. Si ce qu'il me disait n'était pas toujours selon mon goût, cela ne m'ennuyait pas non plus. Il était malheureux. Sa mère avait divorcé de son père. Son pays avait été déchiré par la guerre. Il risquait d'être enrôlé dans l'armée s'il y retournait. Il y avait, selon lui, des signes de décadence dans sa ville natale où la moralité déclinait plus que jamais et où la religion devenait une plaisanterie. Jérôme avait un idéal, et il croyait le réaliser dans notre pays. Il était en quelque sorte obligé de "jouer à l'étranger". Et il croyait qu'ici on pourrait jouer à ce jeu mieux que chez lui, ce qui n'était pas toujours vrai. Il ne se contentait pas encore de jouer au Chinois, il voulait être un vrai Chinois et espérait que les autres en feraient autant. Mais existe-t-il un vrai Chinois ?

« Jérôme me parla de son passé et de l'avenir qu'il envisageait. Je me souviens encore de l'expression de ses yeux qui m'avait troublée un moment. Je savais pourtant très bien que son avenir n'avait rien à voir avec le mien. Il était trop chinois pour oser, en tant que maître et "oncle", se déclarer à mon père. Il était trop peu chinois encore pour comprendre que je l'aurais vite oublié lorsqu'on me proposerait un fiancé qui me serait inconnu. Le mariage d'amour était un luxe sur cette terre. "Toute recherche de bonheur est vaine." Ce proverbe, mon ancien maître m'avait conseillé de le retenir. »

— Et tu l'avais oublié, n'est-ce pas ? demandai-je à grand-mère.

— Oui. Jérôme partit en voyage avant la cérémonie de mon mariage. Je l'ai revu deux ou trois fois à Shanghai. Il avait coupé sa natte et enseignait le français dans un collège. Nous avions peu de choses à nous dire. Moi, j'avais cessé d'avoir des enfants. Lui, n'ayant plus accès à rien, avait interrompu ses recherches. Il retourna dans son pays vers la fin de la guerre. Presque en même temps, je perdis mon mari. Jérôme a beaucoup aidé ton père à Paris. Ton père m'a écrit un jour que Jérôme avait fait un mariage heureux avec une Chinoise et qu'ils avaient un enfant. Tout allait donc pour le mieux.

— Et cette fois ?

— Cette fois, il est venu me dire que sa femme était morte et que lui-même ne se portait pas très bien.

— Il est malade ?

Grand-mère hocha la tête et ferma les yeux. Elle avait l'air fatiguée.

LES AVENTURES DE PING

Maman Ai-Fu, la nourrice de ma grand-mère, était retournée dans son village après le mariage de celle-ci en 1925. Sa fille cadette avait un an de plus que grand-mère Lie-Fei. Maman Ai-Fu, qui adorait les beaux pieds opérés, avait confié sa fille à une bonne famille en ville, espérant qu'elle aurait une vie meilleure malgré ses longs pieds. En effet, elle reçut une éducation élémentaire et épousa le propriétaire d'un restaurant. Le couple mit au monde trois filles dont la plus belle s'appelait Ping.

Ping avait le même âge que mon oncle Ging. Ils jouaient ensemble dès leur enfance, parce qu'on disait que leurs mères se ressemblaient et qu'elles causaient longuement dans le parc ou sur le trottoir chaque fois qu'elles se rencontraient. Lorsque la petite Ping eut cinq ans, maman Ai-Fu fit rédiger et envoyer une lettre pour que la famille, désormais moins pauvre, n'oublie pas de bander les pieds de sa petite-fille. Ma grand-mère a vraisemblablement tenté d'empêcher l'opération. En effet, de moins en moins de petites filles se faisaient opérer les pieds, à la tristesse et au désespoir de la mère de mon grand-père. Les femmes aux pieds longs, pour elle, étaient des misérables et des barbares comme ces campagnardes, ces fausses Chinoises de Shanghai et ces étrangères au grand nez. À la vue des «pieds moyens» de ma grand-mère et des pieds naturels qui abondaient dans les rues, elle croyait sincèrement que la fin du monde n'était plus très loin.

Après le départ de mes grands-parents de leur pays natal, Ping commença à rencontrer fréquemment mon oncle Ging dans le restaurant de son père. Ce dernier fermait les yeux. Vers la fin de l'après-midi, lorsque le restaurant était encore vide, Ging poussait la porte, son sac d'écolier au dos, et demandait un plat d'arachides frites. Il s'installait près des fenêtres et sortait son livre. Ping l'y rejoignait aussitôt. Ging avait le front plongé dans son livre, tandis que Ping suivait des yeux le dernier rayon du soleil qui se promenait dans un coin de la salle. Ils demeuraient assis comme cela pendant des heures, jusqu'à ce que les passants de la rue envahissent le restaurant et s'installent autour d'eux. Alors Ping ramassait le plat, quittait la table sous les regards curieux ou obscènes et disparaissait derrière le comptoir. Ging se levait à son tour, laissait quelques pièces sur la table, passait entre les tables voisines en prenant garde de ne pas se heurter contre des jambes qui s'étendaient brusquement sous les tables.

Le bruit de leurs amours courait dans la ville entière. On inventait toutes sortes d'histoires concernant les jeunes amoureux, jusqu'aux détails les plus intimes. On aimait, entre autres, souligner la sensualité et l'immoralité de Ping. Les vieilles dames juraient qu'une fille capable d'une telle conduite serait perdue à jamais. Ping supportait stoïquement la situation. « J'étais, dit-elle plus tard à ma grand-mère, un sacrifice historiquement nécessaire, puisque, dans une province où le mariage était arrangé par les parents, l'amour spontané était illégitime. » Et cet « amour spontané » lui avait coûté cher. La grand-mère de Ging, qui sortait rarement de sa maison à cause de ses pieds minuscules, avait enfin été

mise au courant du scandale par une vendeuse de won-
ton qui avait poussé sa petite voiture jusqu'à sa fenêtre.
Devenue subitement pâle, la vieille dame réclama sur-
le-champ un médecin. Elle ne voulut pas parler à son
petit-fils bien-aimé pendant une semaine. Enfin, elle
laissa entendre, pendant le dîner, que les membres de sa
famille, s'ils voulaient en rester, ne devraient jamais
avoir la moindre relation avec la petite-fille d'une bonne.

Mon oncle Ging, qui craignait de pousser les choses
à leur extrême, c'est-à-dire de violer la «règle de la
moyenne», prit non sans douleur sa décision : il alla
s'asseoir dans le restaurant près de la fenêtre pour une
dernière fois. Ping vint le rejoindre comme d'habitude.
Un rayon du soleil errait tranquillement sur le mur. Les
passants chuchotaient sous les fenêtres et dans la salle
autour d'eux. Les yeux fixés sur le front de son
amoureux, Ping lui dit : «Je comprends.» Ging aurait
préféré qu'elle parlât un peu plus ou qu'elle pleurât. Mais
elle ne lui accorda pas cette satisfaction. Elle s'assit là,
silencieuse, suivant des yeux le mouvement du rayon du
soleil, jusqu'à l'heure de ramasser le plat vide
d'arachides frites et de retourner derrière le comptoir.

Ainsi Ging était redevenu le petit prince de sa grand-
mère et des bonnes familles qui avaient de très bonnes
filles à marier. Le chiffre d'affaires du restaurant du père
de Ping avait augmenté parce qu'on venait regarder sa
fille. Les hommes accouraient pour apprécier sa taille
ou, si elle n'était pas là, pour imaginer plus facilement
les scènes excitantes qu'on inventait volontiers entre les
jeunes amoureux. Les dames y amenaient leurs filles
pour leur faire la leçon. Et le restaurant fut prospère

pendant une longue période, même après que le patron eut envoyé sa fille à Shanghai poursuivre ses études collégiales.

Au début de son exil, Ping venait souvent voir ma grand-mère. Celle-ci était tout de même la meilleure amie de sa mère malgré tout ce qui s'était passé. Elle ne pouvait d'ailleurs jamais vraiment détester mon oncle Ging. Elle venait chez ma grand-mère en compagnie d'un jeune homme, comme pour manifester son oubli total du passé. Elle changeait fréquemment d'homme, de telle sorte que ma grand-mère ne put retenir leur nom. Ping prenait plaisir à parler de ces hommes. Elle avait rompu avec l'un d'eux à cause de sa mauvaise haleine et renvoyé un autre qui écrivait des poèmes sur le soleil couchant et qu'elle trouvait pleurnicheur. Encore un autre, ajoutait-elle avec un large sourire, qui se disait fier de ses pieds naturels, mais qui, au cours d'une soirée, ne pouvait s'empêcher de faire l'éloge des pieds opérés d'une dame, déclarant que les pieds opérés lui semblaient d'autant plus beaux qu'ils étaient devenus aujourd'hui très rares. Ma grand-mère perdit tout contact avec Ping après la mort de mon grand-père et la venue de l'oncle Ging à Shanghai pour ses affaires.

Après le départ de Ging pour Hong Kong, et à la suite de l'incendie qui avait complètement détruit l'usine de souliers, Ping revint sonner à la porte.

Ma grand-mère l'accueillit dans le salon, mais ne réussit pas à la faire asseoir ni lui faire prendre un thé. Elle avait l'air pressée. Son visage avait beaucoup changé : ses traits avaient durci. Elle n'était plus la jeune fille qu'on avait connue. Elle demeurait pourtant très belle. Son front rayonnant révélait un esprit préoccupé. Ses yeux creusés donnaient l'impression d'une profondeur triste. Grand-mère la trouvait pleine de vitalité.

Elle était venue à cause de son ami qui venait d'être arrêté pour avoir causé un incendie criminel. Debout au milieu du salon, le menton froidement relevé, elle demanda à ma grand-mère si elle pouvait faire quelque chose pour lui. « Cet homme, demanda grand-mère, il était de l'usine ? »

Ping fit oui de la tête. Grand-mère la contempla un instant et devina soudain qu'il s'agissait peut-être d'une relation amoureuse. En reconduisant Ping à la porte, grand-mère lui promit d'y réfléchir. Dès le lendemain, elle demanda à l'oncle Wang de retirer sa plainte contre les auteurs de l'incendie.

Deux jours plus tard, en pleine nuit, Ping revint à la maison pour exprimer sa reconnaissance. Elle accepta cette fois de s'asseoir, l'air épuisée.

— Nous n'avons pas pu le sauver, dit-elle avant de se relever. Il a été reconnu.

— Mais reconnu comme quoi ? demanda grand-mère, très étonnée.

— Il est communiste.

Ping sortit et s'arrêta sur le seuil. Les deux femmes se regardèrent longuement. La porte de la maison les séparerait dans un instant. Ping disparut dans l'épaisseur des ténèbres. Grand-mère éprouva une douleur aiguë au ventre, ce qui lui rappela son voyage vers Shanghai dans la noirceur de l'eau où elle avait perdu son enfant.

Peu de temps après, Ping étonna encore une fois ses proches. On vit dans les journaux des photos où, en compagnie d'un haut fonctionnaire du gouvernement Jiang, elle souriait de manière parfaitement innocente et gaie, ce que contredisaient ses regards presque sévères. Le haut fonctionnaire semblait en avoir assez des pieds opérés de sa femme et préférait apparaître en public avec sa seconde épouse aux pieds naturels. Il voulait probablement faire croire par là à sa politique d'antiféodalisme.

Grand-mère aperçut Ping une fois dans la rue. Elle était aux côtés de ce fonctionnaire dans une voiture sans toit bloquée dans un embouteillage. Ping souriait. Elle tournait sa tête tantôt vers son mari, tantôt vers les passants. Ses yeux rencontrèrent ceux de ma grand-mère, mais elle les détourna aussitôt, sans toutefois cesser de sourire. La voiture repartit, et elle souriait toujours.

Cette aventure glorieuse de Ping ne dura pas longtemps. Vers la fin de l'année 1947, l'armée communiste avait triomphé dans les territoires du nord et s'apprêtait à descendre vers le sud. Le règne du gouvernement de Jiang était ébranlé. De nombreuses familles fuyaient vers l'extrême sud du pays, alors que s'élevaient de temps à autre dans les grandes villes des manifestations antigouvernementales menées par des jeunes étudiants et des intellectuels, qui s'empressaient de voir la Chine sous un nouveau jour. Les prisons étaient remplies à craquer. Les disparitions étaient plus nombreuses que les exécutions en public. La mère de Ping vint chez ma grand-mère demander des nouvelles de sa fille. Depuis quelques mois, elle n'en avait pas reçu de lettres. Elle était allée chez elle, mais la famille n'habitait plus cette maison. Grand-mère renvoya la mère de Ping par bateau. Seule sur le quai, elle regarda le bateau partir vers son pays natal. Elle eut soudain l'impression que la vie s'éloignait d'elle comme ce bateau, emportant des êtres chers ou détestés, et surchargés d'amour ou de haine. Elle avança de quelques pas et se sentit si légère qu'elle n'éprouva plus son propre poids, comme ces pétales de lotus qui flottaient un moment à la surface de l'eau pour y disparaître rapidement.

Grand-mère apprit l'exécution de Ping dans le journal où était imprimée sa dernière photo, que grand-mère conserva jusqu'à aujourd'hui. Ping avait été condamnée pour espionnage. On avait trouvé dans sa résidence des correspondances avec les communistes. On ne dit pas un mot de son mari. Peut-être était-ce lui qui l'avait dénoncée ? Car, au lieu d'énumérer les crimes politiques de Ping, on blâma abondamment son immoralité. Et puisque cette rebelle était sans doute membre du Parti communiste, ajoutait-on, on voyait déjà un signe de décadence de ce Parti qui apporterait, si on le laissait faire, le malheur à un peuple si sage et si respectueux des enseignements de ses ancêtres.

Grand-mère réclama vainement le corps de Ping, qui en fait était remis à un hôpital. Morte jeune et saine, les membres de son corps serviraient à d'autres corps malades et seraient contrôlés par d'autres esprits.

SOUS LES DRAPEAUX ROUGES

Dès janvier 1950, c'est-à-dire six mois après le départ de mon père, une femme aux cheveux courts vint sonner à la maison. Elle appelait ma grand-mère Lie-Fei « camarade » et semblait bien connaître la famille. C'était la responsable du comité du quartier. Elle demanda à sa « camarade » si elle savait que son ami Wang avait été condamné parce qu'il avait vendu des médicaments à l'armée « contre-révolutionnaire ». Comme ma grand-mère paraissait surprise et abattue, la camarade responsable changea de sujet. Elle regarda un instant les pieds de sa « camarade ».

— Tu as été une victime du féodalisme, dit-elle d'une voix attendrie. Maintenant que tu es libérée, je te conseille de sortir de la maison, de ton petit monde. Viens voir comment nous travaillons pour un idéal commun et tu partageras notre joie.

— Qu'est-ce qu'on fait ? demanda grand-mère, intriguée comme une enfant.

— Mais tout, on peut tout faire. Il suffit que chacun fasse sa part. Je sais que dans les familles comme la tienne, les femmes brodent bien. Et toi ?

— Un peu...

— Eh bien ! dans notre quartier, nous avons un atelier de broderie. Viendras-tu ? Tu gagneras ton riz ; et surtout, le travail transforme l'âme.

Ainsi, à quarante-quatre ans, grand-mère Lie-Fei devint une ouvrière dans le petit atelier de broderie établi dans son quartier.

Elle était presque heureuse dans l'atelier. Là où il y avait des femmes de tout âge venant de régions et de familles différentes, on ne faisait pas de remarques sur les pieds. On jugeait les collègues à leurs mains. La propagande d'alors était de « donner la meilleure partie de soi ». On négligeait donc la mauvaise partie d'autrui s'il y en avait une. Et Lie-Fei était réputée pour ses mains qui « savaient parler ». On ne brodait pas ce qu'on voulait. On recevait souvent des dessins avec le drapeau rouge au centre, de sorte que Lie-Fei arrivait à faire un drapeau rouge en deux ou trois minutes, les yeux fermés. Sous le drapeau rouge, c'étaient souvent un oiseau qui chantait, des poules qui dansaient, des fleurs qui s'ouvraient pleinement, des enfants qui couraient dans le champ, le soleil pourpre qui occupait tout l'espace... un bonheur presque divin. Tout cela rendait les travailleuses de l'atelier de bonne humeur. Elles se querellaient rarement.

Le travail finissait tôt. Les brodeuses sortaient ensemble de l'atelier, marchaient dans la rue encore pleine de soleil et saluaient les ouvrières de l'équipe de l'après-midi. On allait prendre un bol de jus de soja dans un petit restaurant, au coin de la rue, et on plaisantait avec la patronne. Parfois on y rencontrait la responsable du comité du quartier qui adorait le pain frit de ce restaurant. Elle se joignait à ses camarades. En apercevant ma grand-mère qui souriait dans un coin, elle avalait son pain et, de sa main encore ruisselante d'huile, elle lui tapait sur l'épaule en disant fièrement à toute la table : « Une fois qu'on a lavé son âme et qu'on a enlevé la boue bourgeoise, on découvre une nouvelle vie comme si on devenait une autre personne, ne croyez-vous pas ? » Grand-mère était presque d'accord. Elle avait l'impression, depuis qu'elle vivait sous le drapeau rouge, de rentrer chaque jour chez elle avec un tourbillon de soleil dans les yeux.

Une des raisons probables pour lesquelles la responsable du comité du quartier se montrait assez amicale envers ma grand-mère, malgré la boue qu'elle avait sûrement encore dans la tête, c'était que Lou, le deuxième fils de grand-mère, était devenu le chef du Parti au niveau municipal. Mon arrière-grand-père avait beaucoup aimé ce petit-fils. « Cet enfant a de l'imagination », disait-il. Le jour où son frère Ging alla à Shanghai s'occuper des affaires du père, Lou préféra partir chercher du travail dans une province voisine. Depuis, il n'avait pas donné de nouvelles, à cause de la guerre sans doute. On ne sait pas ce qui s'est passé exactement. Sans doute a-t-il rencontré un membre du Parti communiste là où il travaillait et s'est-il converti. Le même genre d'aventures se répétait souvent dans l'histoire du Parti, et était représenté très poétiquement dans les films contemporains. On pense alors que mon oncle Lou, qui n'avait pas de boue dans la tête et qui avait une imagination et un enthousiasme quasi religieux, était alors devenu un « petit diable rouge », appellation qui valait bien un titre d'honneur. Aujourd'hui, au moment de la retraite des chefs du Parti, on examine et compare; on évalue combien ils étaient «petits» lorsqu'ils sont devenus «diables rouges» afin de décider de la nature et du nombre de privilèges à leur accorder. Le fait que Lou était très jeune pour occuper un tel poste dans le Parti laissait entendre qu'il était sûrement un petit diable.

Grand-mère fut émue de revoir son fils qu'elle croyait perdu dans une autre partie de sa vie, sur la rive du pays natal qu'elle avait quitté précipitamment il y avait déjà dix ans. Elle comprenait qu'il fût du Parti, et elle en était fière. La responsable du quartier n'avait pas tort de l'appeler «camarade», pensait-elle.

Pourtant, elle refusait d'aller s'installer dans l'immeuble où habitaient la famille de Lou et d'autres familles «révolutionnaires», et devant lequel un militaire montait la garde jour et nuit. Le propriétaire de l'immeuble, un banquier, avait quitté le pays. Naturellement, sa propriété revenait désormais à l'État. Étant donné que les combattants comme Lou représentaient le mieux l'intérêt de l'État, ils devenaient gouverneurs et donc propriétaires de tous les biens de l'État. Oncle Lou vivait alors dans un immense appartement de cet immeuble. Ma tante avait été une de ces jeunes filles qui marchaient lestement dans la rue ensoleillée de l'après-midi pour aller travailler dans une usine de soie. Elle n'avait plus besoin de travailler comme auparavant, bien entendu : elle était devenue l'une des responsables de cette usine. Mais, surtout, elle avait la chance d'être née dans une famille incontestablement ouvrière depuis deux ou trois générations, et paysanne si on remontait plus loin. Comme preuve de cette filiation, elle avait accroché au mur de leur salon un portrait de son arrière-grand-mère, fait par un peintre amateur du village, à l'occasion de son quatre-vingtième anniversaire. Entourée de quelques grosses poules, cette vieille parente de ma tante était solidement plantée devant la maison, sur ses pieds admirablement longs. De son côté, Lou aimait, quand l'occasion s'en présentait, laisser entendre que le petit-fils du cousin de son arrière-grand-père travaillait la terre. «Mon oncle Zon-Gen était un vrai spécialiste de la culture de soja», disait-il. Il oubliait que sa famille ignorait l'existence de cet «oncle», sauf une fois par an lorsqu'elle recevait un gros paquet de soja frais et gratuit, en disant d'un air généreux : «C'est gentil de ne pas nous avoir oubliés.»

Lou n'était pas surpris que sa mère refusât de déménager. Il n'avait pas oublié comment elle était montée dans le bateau sans détourner la tête une seule fois. Il se souvenait du bateau s'éloignant de la rive de son pays natal : c'était comme si quelque chose en lui quittait son corps et allait disparaître à l'horizon. Et ce quelque chose ne reviendrait plus jamais. Lou pensait à ses deux frères. Il fallait bien que l'un d'eux prenne charge de leur mère qui avait les pieds opérés et avait déjà des cheveux blancs. C'était une tradition familiale, et le Parti la jugeait bonne.

Lou avait fait de vaines démarches pour retrouver son frère Ging à Hong Kong. On l'avait recherché dans les industries de souliers parce qu'on croyait que les êtres échappaient difficilement à leur hérédité. On avait imaginé un suicide en voyant dans un vieux journal la photo d'un jeune homme décédé ressemblant à Ging. Les documents de la police régionale avaient confirmé que ce n'était pas lui. Ce Ging devait donc exister quelque part dans ce monde, mais c'était comme s'il était mort puisqu'il était loin des yeux de ceux qui étaient de son sang et auxquels sa disparition prolongée causait un vrai chagrin. Il pouvait vivre heureux parmi des inconnus, plus heureux peut-être que parmi les siens, mais il devait y avoir des moments où, s'arrêtant par hasard dans le cours de sa vie, il se demandait pourquoi et comment il était là où il ne devrait pas être ; alors il devait penser lui aussi qu'il était déjà mort une fois. C'était probablement pour une raison semblable que mon père n'avait pas trop hésité à quitter l'université parisienne pour répondre à l'invitation de son frère de revenir dans son pays. À l'époque, le Parti manifestait de temps en temps une vraie générosité de conquérant. Ainsi, comme beaucoup d'autres qui revenaient au pays avec leur richesse matérielle ou intellectuelle, mon père fut reçu par le premier ministre du pays. « Nous avons besoin de vous », lui dit ce dernier en serrant fortement la main du jeune homme qui en pleurait d'émotion.

Ma grand-mère ne semblait pas trop bouleversée ou touchée par les nouvelles de ses fils. Elle avait adopté à son insu l'attitude froide de sa mère. Elle aimait passer son dimanche assise devant la fenêtre à écouter le bruit de la rue s'élever et s'apaiser et à regarder le va-et-vient des passants et des vélos. C'est comme ça, pensait-elle, que le monde change et qu'on vieillit. Un jour, mon père parut derrière la grille de la maison. Ah ! c'est lui, se dit-elle. La grille s'ouvrit avec son bruit habituel. Grand-mère pensait au matin où, en quittant la maison pour aller prendre l'avion de Hong Kong, Ging avait fait grincer la grille plus longuement que d'habitude. Elle regarda son fils cadet qui avait tellement grandi pendant toutes ces années que son retour semblait irréel. «Tu as bien fait de revenir chez toi, lui dit-elle. On est camarades avec les nouveaux gouverneurs. »

Ce n'était pas cela qu'elle voulait dire. Elle prit les mains de son fils et le regarda. Ce dernier avait les yeux mouillés. Il regardait sa mère, mais pensait au premier ministre qui l'avait accueilli : «Oui, on est très camarades. »

Mao, le président du Parti communiste, n'aimait pas du tout Liu, le chef d'État qui partageait alors le pouvoir avec lui. Au fond, selon son comportement de toujours, s'il n'en avait pas été lui-même le président, Mao aurait pu déclarer une autre révolution pour renverser le Parti dont il était membre depuis un demi-siècle. Pour lors, il se contentait de supprimer le poste de chef d'État. Il était d'ailleurs prêt à détruire l'État s'il n'arrivait pas à détruire son chef. «Il faut tout détruire avant de s'établir», disait-il. Liu était alors suivi par un petit groupe d'intellectuels et peut-être aussi de descendants de commerçants (il n'y avait plus aucun vrai commerçant après la Libération). Mao savait bien à qui il avait affaire et il prévoyait déjà sa victoire prochaine. Ainsi en 1966, au moment où certains individus commençaient à voir, à travers les nuages de propagande et les feux de drapeaux rouges, qu'on s'éloignait de plus en plus du paradis communiste, Mao déclencha une révolution qu'il qualifia de culturelle. «Notre nation est encore une fois en danger, disait-il, c'est le danger du capitalisme ! » Il appela particulièrement la masse «laborieuse» à se réveiller et à se ranger de son côté pour lutter contre «les ennemis intérieurs», comme ils l'avaient fait auparavant contre les Japonais, Jiang Jieschi, les Américains et bien d'autres. Et cette masse le suivait, plutôt par habitude que par enthousiasme. Le lendemain, Liu fut condamné parce que, d'après ce que disaient les journaux, il avait trahi le parti, l'État, le peuple et tout le reste.

Notre famille ne s'était jamais trouvée dans une situation aussi périlleuse. Les universités, considérées comme des bastions bourgeois, furent l'une des cibles principales de cette révolution. Mon père était alors directeur de son département et avait rédigé avec quelques amis une longue lettre à l'attention du chef de l'État, lettre dénuée de tout dessein politique et qui pourtant ne parvint jamais à son destinataire. Son nom, barré d'une croix rouge, parut bientôt dans les «grands journaux révolutionnaires» qui couvraient alors presque tous les murs du pays, même ceux des toilettes. Mon père fut envoyé dans un «camp de rééducation» où, avec beaucoup d'autres intellectuels, il serait rééduqué par les paysans, apprendrait à travailler la terre. Le soir, au retour du champ, après avoir avalé son pain (trois pains par jour, cinq le dimanche), il lui faudrait faire ses devoirs, c'est-à-dire écrire deux pages au chef du camp pour bien montrer qu'il purifiait son esprit plein de boue bourgeoise en se salissant les mains au travail. Au cours de cette rééducation, plusieurs de ses amis se suicidèrent. Mon père sortit du camp dix ans après y être entré sans même avoir perdu du poids, probablement grâce à ma mère qui avait fait des démarches ingénieuses pour le rejoindre très tôt dans le camp. C'était une exception puisque, en principe, les élèves du camp devaient être isolés de leur famille. Lorsque je lui demandais ses impressions du camp, mon père répondait d'un air distrait :

— Ah, çà ! La campagne était jolie, et le chef n'était pas trop exigeant.

— C'est tout ?

— Quoi d'autre ? Oui, j'ai eu une leçon, c'est qu'une femme qui a besoin de toi vaut mille et une fois mieux qu'un ministre qui a besoin de toi.

L'oncle Lou avait lui aussi « perdu son chapeau » et fut envoyé dans un de ces camps destinés aux traîtres au Parti, parce qu'il avait travaillé avant la Libération pour un ami intime du chef-traître de l'État et que sa promotion rapide dans le Parti avait provoqué jalousie et rancune. Rien ne put le sauver, ni la réputation de son « oncle Zon-Gen », spécialiste du soja, ni l'origine incontestable de sa femme qui avait des grands-mères aux longs pieds. L'épouse de l'oncle Lou était d'ailleurs née bouddhiste. Le village entier d'où sa famille venait était bouddhiste. Elle était heureuse parce qu'elle avait fait quelque chose de bon dans sa vie précédente et elle souffrait pour que sa prochaine vie soit encore plus heureuse. Cette façon de penser suffisait à l'apaiser en toutes sortes de circonstances : de même qu'elle et son mari avaient auparavant accepté, comme quelque chose de tout naturel, les invitations à des dîners qui auraient pu nourrir cent personnes pendant cent jours, elle acceptait aussi facilement de quitter son immense logement et d'aller vivre dans la petite maison de sa belle-mère.

Grand-mère, elle, ne croyait pas à l'autre vie. Elle jugeait pourtant très triste de ne pas pouvoir croire à un au-delà, quand on ne croyait pas à «cette» vie. Le jour où les jeunes Gardiens Rouges vinrent frapper à sa porte pour l'emmener sur la place publique, elle était assise devant la fenêtre et regardait les uniformes verts qui bougeaient. Elle eut alors le même étourdissement que jadis sur le bateau qui quittait son pays natal vacillant sur des eaux puantes. Cette impression lui revint lorsque, debout sur la terrasse dans un petit parc de son quartier, elle reçut les cailloux lancés par des petits garçons en même temps que les admonestations furieuses des Gardiens Rouges. Elle baissa la tête comme il le fallait et ne dit rien, même si on blâmait ce silence qu'on trouvait orgueilleux. Elle s'évanouit. La responsable du quartier restait encore responsable, et elle le serait toujours, malgré les changements fréquents des chefs du pays. Elle ordonna alors qu'on transportât la vieille dans la maison pillée par les Gardiens Rouges. Grand-mère regrettait de ne pas avoir bien compris ce qu'on avait dit à son sujet. Ma tante lui fit donc savoir que son crime était d'avoir des fils contre-révolutionnaires, en plus de pieds féodaux. Trouvant peut-être drôle cette dernière expression, grand-mère rit si fort que ses épaules en tremblèrent.

Un jour de septembre 1976, après avoir célébré le soixante-neuvième anniversaire de ma grand-mère, toute la famille fut appelée dehors par la responsable du quartier pour participer à la cérémonie funèbre en l'honneur de Mao. Tout le monde avait attendu sa mort. Sa femme était en train d'organiser un coup d'État et n'avait pas l'intention de reculer, même si elle savait que son mari, atteint de cancer, atteignait la fin de sa vie. Les journaux, n'ayant pas eu le temps de changer de ton, chantaient comme d'habitude la grande victoire de la révolution culturelle et juraient de mener cette « lutte des classes » jusqu'au bout. Grand-mère savait qu'il ne fallait jamais aller jusqu'au bout. Selon elle, la victoire c'était le soleil, et la défaite, la lune. Il fallait être prudent avec les victoires qui, presque sans exception, étaient suivies de l'ombre des défaites.

— Mais alors qu'est-ce qu'on peut faire dans cette vie ? répliquai-je.

— Il faut se tenir au milieu, ma petite.

— Le malheur vient de l'appétit, ajouta ma tante bouddhiste.

— Toi, grand-mère, as-tu jamais été, rien qu'un seul instant, « au milieu » ? Et toi, ma chère tante, tu oses dire à ton Bouddha que tu n'as pas d'appétit ou que tu décides de ne pas en avoir ? Savez-vous ce que j'aime dans cet homme qui dort désormais dans sa tombe de cristal ? C'est qu'il a toujours cru que les défaites sont couvertes par les rayons de la victoire. Il n'avait pas peur. Il n'est peut-être pas un héros, mais il a vécu comme il était. Il était un torrent, le torrent qui l'a emporté lui-même. Mais il était un torrent, et non pas quelque chose de botanique.

Ma tante ferma les yeux en répétant « O Mi Do Va ». Grand-mère revoyait les fleurs de lotus qui sous le vent de l'automne flottaient sur le lac de son pays natal. À ce moment, le vent entrait par la fenêtre en apportant un lointain chant funèbre auquel se mêlaient quelques éclats de rire mal retenus des voisins. Grand-mère Lie-Fei s'assit dans sa chaise près de la fenêtre sous laquelle passaient les défilés funéraires. J'étais impressionnée par les cheveux tout blancs de grand-mère que soulevait un courant d'air. Sa taille avait diminué, de sorte que maintenant, lorsqu'elle s'asseyait, ses pieds ne touchaient plus le sol.

— Tu vas toujours au temple demain ? demanda grand-mère à sa belle-fille qui hochait la tête.

— Si tu veux y aller, grand-mère, je t'accompagnerai, proposai-je.

Le temple était en reconstruction. La statue de Bouddha avait été endommagée par les révolutionnaires, mais elle gardait son sourire impassible. Les fleurs de lotus qui entouraient son siège avaient perdu quelques feuilles.

— Tante, nos anciens poètes disent que les fleurs de lotus sont sorties de la boue en restant pures, est-ce vrai ?

— Oui, mais les racines de ces fleurs sont plus admirables. Elles ne quittent pas la boue. Elles y sont enfermées et conservent leurs qualités.

— Une fois j'ai examiné ces racines, dit ma grand-mère. J'ai vu qu'elles étaient souillées à l'intérieur. On a eu plus de difficulté à enlever la boue qui se trouve dedans que celle à l'extérieur.

— J'ai appris à l'école que toute chose a une raison biologique, dis-je. Nous avons besoin de mains pour survivre, donc nous avons des mains. Si les racines de lotus ont maintenant un bout rond et l'autre pointu, c'est parce qu'elles en ont besoin. On pourrait juger qu'elles sont laides ou qu'elles ne le sont pas. Ça n'a rien à voir avec elles. Elles ne se forment pas elles-mêmes. Ce qui les forme, c'est l'eau, ou plutôt le torrent qui va et qui vient, en enlevant une boue qu'une autre remplacera.

Ma tante dit qu'on n'avait pas choisi le bon endroit pour parler de la boue. Grand-mère sortit alors du temple en s'appuyant contre mon bras. Elle s'arrêta un instant sur le seuil pour regarder la statue qu'elle ne voyait pas clairement à cause de la fumée d'encens.

LA NOUVELLE MODE

Dès 1976, les souliers à talons hauts réapparurent après avoir disparu pendant une dizaine d'années. Auparavant, les quelques courageuses qui portaient ce genre de souliers s'attiraient des critiques sévères. Ces femmes, disait-on, avaient de la boue bourgeoise dans la tête, ce qui était tout aussi dégoûtant et même plus dangereux que d'avoir les pieds opérés, puisque les femmes aux pieds opérés, ayant de la boue féodale dans la tête, étaient devenues trop vieilles et ne dérangeraient pas le monde longtemps encore. Et aujourd'hui, les hauts talons n'étaient plus considérés comme bourgeois et s'imposaient sur le marché. Ma mère, que les souliers à talons hauts fatiguaient, devait parcourir la ville entière pour enfin trouver une paire de souliers à talons plats fabriqués avec du cuir de moins bonne qualité et sans aucun style. Elle devait alors se contenter des chaussures en coton que ma grand-mère lui confectionnait. Celle-ci aurait préféré y broder quelque chose, mais ma mère ne voulait pas. Quant à moi, j'avais toujours mes chaussures en coton où étaient brodées des fleurs de lotus d'un style chaque fois nuancé.

Je dus attendre pendant de longues années avant de pouvoir me procurer des souliers à talons hauts, qui, selon ma mère, étaient réservés aux grandes personnes. Il semblait qu'en tant qu'êtres humains, les grandes personnes différaient énormément des petites. Je ne voyais pourtant pas la frontière qui séparait les unes des autres. Je n'étais sûrement pas une grande personne à l'âge de seize ans, puisqu'il me fallait demander la permission de sortir. Avoir dix-huit ans ne changeait rien, sauf qu'on m'accordait le droit de voter pour quelqu'un dont, comme tous mes amis et parents, j'ignorais jusqu'au nom et qui serait élu malgré tout. Ayant obtenu mon diplôme à vingt-trois ans, je commençai à gagner mon riz. Je devais pourtant remettre une grande partie de mon salaire à ma mère et demander la permission de sortir le soir, ce que mes frères n'étaient pas obligés de faire. « Tu es toujours ma petite fille, dit ma mère, et tu ne deviendras adulte qu'après ton mariage. »

Ce qui ne serait peut-être pas vrai, car j'entendais souvent mon père lui dire doucement : « Tu agis comme une enfant... Tu aurais dû me demander conseil... » Et voilà que mon fiancé Gao-Long m'appelait « mon petit bijou ». Il aimait tout ce qui était petit chez moi : les yeux, le nez, la bouche, les mains... Je lui demandai une fois ce qu'il pensait des pieds opérés d'autrefois, et j'avais eu droit à un long discours qui, selon moi, était d'une grande justesse :

« Le fait, dit-il en secouant sa tête, qu'on se faisait bander les pieds autrefois n'est pas si mauvais qu'on l'imagine aujourd'hui. Les modes changent avec le temps, alors que les hommes (et les femmes) demeurent les mêmes, comme ces lotus qui par nécessité s'installent éternellement dans la boue en dépit de l'eau qui coule sans cesse. Comment pourrions-nous comprendre les mœurs d'autrefois dont le sens nous échappe ? Nous avons nos mœurs à nous et, dans cinquante ans ou moins, elles seront l'objet de critiques de la part de ceux qui en auront d'autres tout aussi éphémères et impérieuses. Qu'importe. Ce qui me concerne le plus aujourd'hui, ce ne sont pas les pieds du passé, bandés ou non, ni les pieds de l'avenir, agrandis ou non, mais bien les pieds chaussés de souliers à talons hauts ou à talons plats. »

Gao-Long était plus grand que moi de vingt centi-mètres. Il préférait que je porte des souliers à talons hauts pour sortir avec lui. D'ailleurs, les chaussures en coton l'ennuyaient. Il les trouvait banales, sans aucun goût et d'une allure trop campagnarde. « Ce sont des produits moins civilisés », dit-il. En revanche, il me montra les journaux de mode publiés à l'étranger et qu'il avait trouvés on ne savait où. Il n'y avait pas beaucoup de choix quant aux souliers pour la marche. Et Gao-Long avait raison : il y avait des miracles dans les pays développés. On n'avait pas besoin de se bander les pieds. On fabriquait simplement des souliers aux pointes ser-rées pour faire paraître les pieds moins grands et plus mignons. Ce qui permettait d'entrevoir la magie des hautes technologies, c'était que les souliers à talons hauts de là-bas étaient particulièrement beaux, plus beaux que ceux qui se vendaient en abondance dans les magasins de notre pays arriéré. Gao-Long avait eu l'excellente idée d'importer ces beaux souliers à talons hauts. Et pour l'instant, il se contentait de me faire cadeau des meilleurs souliers fabriqués au pays.

En effet, avoir des souliers à talons hauts, c'était un de mes rêves d'adolescente. Ma mère chaussait la même pointure que moi. À son insu, j'avais essayé ses souliers je ne sais plus combien de fois. Je les avais trouvés jolis, très féminins surtout. J'avais senti un certain malaise aux chevilles et une douleur aiguë sur la pointe des pieds. C'était normal, puisqu'un proverbe disait qu'il n'y avait pas de beaux souliers confortables. J'aimais les souliers à talons hauts qui, étant réservés aux grandes personnes, symbolisaient en quelque sorte la maturité. Je commençai à en acheter régulièrement dès que je le pus. Et grâce aux cadeaux de Gao-Long, j'avais une véritable collection de souliers à talons hauts. Ma mère n'en était pas contente. Elle ne put pas m'en empêcher quand je lui laissai entendre que c'était surtout pour faire plaisir à mon fiancé et qu'il s'agissait non seulement d'un goût personnel mais du bonheur de deux personnes. Elle prit toutefois la peine de m'avertir du danger que je courais d'avoir les nerfs coincés et de me déformer les pieds. « Le grand amour ne devrait pas nécessiter un tel sacrifice », commenta-t-elle avec la sagesse des gens qui ne sont pas amoureux.

Ma mère avait sans doute oublié l'époque où, ayant choisi d'aller rejoindre mon père dans un camp de ré-éducation, elle avait perdu la santé. Elle avait elle-même beaucoup de souliers à talons hauts. Et depuis que son manque croissant d'énergie l'obligeait à abandonner ses beaux souliers inconfortables, elle devenait incapable de s'intéresser aux grandes amours dont elle riait comme des enfantillages sans importance.

Ainsi, malgré tout, je sortais toujours avec Gao-Long dans des souliers à talons hauts qui me donnaient l'impression de me hausser un peu et de l'égaler presque. Nous nous promenions partout : dans les rues, à la campagne, et même dans les montagnes de la banlieue. Un jour, nous allâmes sur une pente pour avoir une vue de la ville. Lui qui connaissait bien les « sociétés de là-bas » me racontait des histoires de femmes battues, de familles monoparentales, etc. Nous nous félicitions, sans le dire, d'avoir le bonheur de vivre selon les mœurs qui nous encourageaient à nous aimer toute la vie, bien que je fusse trop petite pour lui et qu'il ne pût me voir sans mes souliers à talons hauts. Je lui demandai ce que nous ferions si un jour les souliers à talons hauts se démodaient. « Tant pis, dit-il, mes affaires iront mal. »

Je n'eus pas le temps de reprendre la parole. Mon talon gauche se coinça dans un petit trou. J'éprouvai un violent mal à la cheville gauche et ne pus plus marcher. Nous n'étions plus loin du sommet. Gao-Long y arriva en me portant dans ses bras, et en descendit de la même façon. Il appela ensuite un taxi pour me ramener chez moi. J'étais rouge de bonheur. Ce fut la première fois que nous eûmes un contact aussi intime, et je me sentais dans ses bras comme une petite enfant. Je n'étais pas certaine qu'il m'ait embrassée. Tout s'était passé comme dans un rêve. Arrivé chez moi, il me déposa dans mon lit, puis retourna au taxi pour y prendre mes souliers. Il était trop tard : le taxi était parti, emportant les beaux souliers qu'il venait de m'acheter comme cadeau d'anniversaire.

Je ne pus me rendre à mon bureau la semaine suivante. Je m'étais fait une véritable entorse. Grand-mère sortit un tas de pansements adhésifs dont de fréquentes utilisations démontraient l'efficacité. « De nos jours, tu ne trouveras de pansements plus efficaces », affirma-t-elle non sans quelque fierté.

Puis elle remplit une cuvette d'eau chaude, l'apporta devant moi et y mit mon pied gauche à tremper. Il me fallut rester ainsi pendant une heure pour activer la circulation du sang dans les pieds.

Le traitement n'était pas nouveau pour moi, car j'avais vu dans mon enfance ma grand-mère se tremper régulièrement les pieds dans de l'eau chaude. Les après-midi d'hiver, surtout quand le ciel était sombre, grand-mère s'asseyait près de la fenêtre, les pieds clapotant timidement dans une cuvette pleine d'eau fumante, le regard tourné vers le dehors et le visage assombri par les rideaux de soie. J'avais l'impression que c'était dans ces moments que les cheveux de grand-mère changeaient de couleur et perdaient leur éclat. Et ce jour-là je me trouvais à mon tour assise à la fenêtre, les pieds dans la cuvette. Je ne voyais pas clairement dehors. Les rideaux soulevés de temps en temps par le vent gênaient ma vue. J'avais envie de pleurer.

Au bout d'une heure, grand-mère sortit mon pied de l'eau, le sécha, y appliqua son pansement magique et enfila mes pieds dans les chaussures en coton qu'elle avait faites à la main. Elle fit tout cela avec une grande adresse et application. C'est pourquoi ma mère croyait que sa belle-mère qui, de toute sa vie, avait eu des problèmes avec ses pieds, valait mieux qu'un médecin. Grand-mère me donna le reste de ses pansements.

QU'ON DEMEURE

Je me trouvais au bord d'une rivière, les pieds enveloppés de la chaleur douce du sable. L'eau n'était pas claire, et je n'en voyais pas le fond. J'admirais la fraîcheur des fleurs de lotus.

À ma grande surprise, grand-mère montait à la surface de l'eau. Et avec elle, grand-tante Qing-Yi qui était morte depuis des années. Un long morceau de bois flottait auprès d'elles. Ce qui m'effrayait, c'était la vue de Ping qui, sans yeux ni cœur, pleurait. Mais voilà, quelqu'un se mit à chanter. L'ancien président Mao s'allongeait sur l'eau. Il était tout nu, et paraissait très à l'aise. Il chantait *La Longue Marche*. Je connaissais bien cette chanson faite à partir d'un de ses très beaux poèmes héroïques. Tous ces gens-là avançaient lentement dans la rivière. Lorsque le vent s'élevait, ils chancelaient tous et se heurtaient. Peu à peu, les fleurs de lotus se transformaient en petites chaussures. Grand-mère se retournait de temps en temps pour saisir ces chaussures qui lui échappaient constamment. Ce geste amusait beaucoup Mao qui riait aux éclats.

Soudain, de grosses vagues s'élevèrent et sautèrent jusqu'au bord. Lorsqu'elles retombèrent, je sentis une mauvaise odeur d'éclaboussures coller sur mes joues. Tout ce monde dans la rivière disparut soudainement sans avoir eu le temps de dire quoi que ce soit. Mao, d'un réflexe rapide, avait saisi le morceau de bois et était resté plus longtemps que les autres à la surface de l'eau avant de couler lui aussi.

La puanteur de l'eau devenait de plus en plus forte. Je reculai. Derrière moi une voix me dit froidement : «Reste !» C'était un homme avec un masque que je ne pouvais pas identifier. Ses mouvements me dirent qu'il était impatient et qu'il ne s'intéressait pas du tout à ce que je ferais dans la vie. Et il me demandait de rester : quelle drôle d'idée. « Il faut que je parte pour New York, lui dis-je. J'ai mon billet dans ma poche. » Je me mis à retourner toutes les poches de mes vêtements. Mais je ne pus trouver mon billet d'avion. L'inconnu en était visiblement content. Il s'en alla ramasser les petites chaussures colorées qui flottaient sur la rivière.

Alors, Gao-Long, mon ami et futur importateur des souliers de « là-bas », s'approcha à son tour de moi pour me souffler à l'oreille : « Dans ces pays-là, les femmes disparaissent de plus en plus. Celles qui demeurent ont des moustaches ! Notre terre est donc beaucoup moins stérile pour les femmes. » Je pensai à la rivière. « Tu as senti l'odeur de l'eau ? » demandai-je à Gao-Long. Il renifla de ses petites narines et dit : « Mais quelle odeur ? »

Je compris alors que la mauvaise odeur choisissait les gens pour les empoisonner. Une femme empoisonnée ainsi n'aurait pas de moustaches sur son visage, mais serait comme une racine de lotus qui avait de la boue au fond de son cœur. Déjà je respirais mal. Il était donc urgent que je quitte l'endroit.

Heureusement, j'entendis le grondement de l'avion qui atterrissait sur la plage. J'accourus follement dans

sa direction. Le vent était fort. J'avais dû courir longtemps. Le soleil était sur le point de disparaître. Son
ombre remplissait peu à peu mes yeux. L'odeur de la rivière noire me poursuivait toujours. Mes jambes étaient
devenues extrêmement molles. À l'horizon, le ciel me
paraissait plus beau que jamais. Je me dis que ce serait
la dernière chance pour moi et que, si je tombais à cet
instant, je ne pourrais plus jamais me relever. Arrivée
devant la porte de l'avion, je vis oncle Jérôme m'ouvrir
ses bras. Les yeux fixés sur les siens et avec le peu de
force qui me restait, je me mis à grimper l'échelle de
l'avion. Tout à coup, l'inconnu réappararut derrière moi
et cria vers l'avion : « Elle n'a pas de billet ! » Mon cœur
battait si fort que je tombai sous l'avion. J'aurais aimé
arracher le masque de cet homme si j'avais pu. Oncle
Jérôme descendit et me souleva de la terre : « Monte !
Je te laisse la place. »

Mais que deviendrait-il ici, avec cet homme masqué
et sur cette plage qui sentait mauvais ? L'avion bougeait
déjà. À travers le sifflement du moteur, oncle Jérôme
leva son nez et me demanda :

— Où est ta grand-mère ?
— Dans la rivière !
— Quoi ?! Mais quand ? Elle y est seule ?
— Non, elle est avec...

Je ne pouvais pas continuer. L'avion eut une brusque
secousse et j'éprouvai un violent malaise dans la gorge.

J'ouvris les yeux. L'hôtesse vint m'offrir du thé. Je
voulais lui sourire, mais je finis par faire une grimace.

Je regardai dehors. Oncle Jérôme n'était plus là. Personne. L'espace était dominé par le bleu. En bas, je vis une ligne foncée, mince et irrégulière qui, dans le crépuscule du jour, s'étendait du sud au nord. Ce devait être la rivière qui avait nourri mes ancêtres et moi. La rivière qui avait toujours pesé si lourd dans mon cœur comme elle le faisait pour les fleurs de lotus dans les saisons d'automne, et qui me paraissait si fragile maintenant qu'elle était vue d'en haut. La rivière qui était dans mon rêve de tout à l'heure.

J'avais passé toute la nuit debout pour faire mes valises, si bien que, une fois dans l'avion, j'étais tout de suite tombée dans un sommeil agité. J'avais fait ce rêve étrange. Je m'étais réveillée parce que je ne pouvais plus le poursuivre. Je ne pouvais ni ne voulais répondre à la question de l'oncle Jérôme à propos de ma grand-mère : Pourquoi elle était dans la rivière et avec qui ? Je me souvenais bien qu'elle était avec grand-tante Qing-Yi, avec Mao, avec un morceau de bois, avec Ping, avec toutes ces vies déjà éteintes depuis longtemps. Dans le rêve, je n'avais pas voulu dire à l'oncle Jérôme qu'elle était perdue dans la rivière avec les morts. Maintenant que j'étais réveillée, ce rêve me faisait encore trop mal pour que je puisse l'oublier. Je pensais constamment à grand-mère. Je n'étais pas encore descendue de l'avion que je regrettais d'y être montée. Ainsi, à l'aéroport de New York, je n'eus pas le sentiment de soulagement que j'avais attendu depuis des années.

Grand-mère Lie-Fei est morte de vieillesse six mois après mon départ. D'après ma mère, grand-mère avait été contente que je parte, bien qu'elle crût que «l'odeur de l'eau était partout la même».

«La petite me ressemble», avait dit grand-mère.

TABLE